Christian Lehmann

Andreas, le retour

Médium
l'école des loisirs
11, rue de Sèvres, Paris 6e

Du même auteur à *l'école des loisirs*

Collection Médium
La citadelle des cauchemars
La nature du mal
No pasarán, le jeu
Tant pis pour le Sud

Loi n° 49.956 du 16 juillet 1949 sur les publications destinées à la jeunesse : mars 2005
Dépôt légal : février 2009
Imprimé en France par CPI Firmin Didot à Mesnil-sur-l'Estrée (93797)
ISBN 978-2-211-07753-8

Notre façon d'aimer, et de résister nous définit.

Geneviève Brisac

Pour Véronique, Quitterie, Vincent et Baptiste

Jesus était en Irak depuis près de six mois lorsqu'il marcha sur une mine.

James, qui le suivait sous le soleil de plomb de cet après-midi de juillet, venait de concocter une nouvelle blague sur les Hispano-Américains, et s'apprêtait à apostropher son ami quand celui-ci s'immobilisa, lâcha un bref juron, et disparut dans un nuage de poussière.

Ils avaient débarqué dans les faubourgs de Fallujah vers midi, et s'étaient séparés en petites unités de quatre soldats, progressant précautionneusement dans les ruelles parallèles qui entouraient la mosquée où, selon les informations transmises par les services de renseignement, s'étaient retranchés une poignée d'insurgés responsables d'une récente attaque contre un convoi blindé. Deux fois déjà, en traversant une grande artère, ils avaient été soumis à des tirs de snipers. Corey, qui dans le civil était livreur de pizzas à Detroit, avait pris une balle dans le genou, et Stan, l'infirmier, était resté avec lui le temps qu'une ambulance militaire l'évacue vers l'arrière. James et Jesus avaient poursuivi leur progression, sans contact radio avec le reste de l'escouade.

James, comme Jesus, portait une veste en Kevlar et céramique, un casque en Kevlar, et tout un harnachement de munitions, de grenades, sans compter le matériel de premiers secours et deux bidons d'eau chaude. Son arme, un M16-A2 muni d'un double magazine, pesait près de cinq kilos.

La sueur ruisselait le long de son visage, piquant ses yeux, dessinant des coulées acides sur sa peau tannée par la poussière. La température extérieure flirtait avec les quarante-cinq degrés, à l'ombre. Mais il n'y avait pas d'ombre.

Dans les décombres d'une échoppe dévastée par un tir de mortier, James s'était arrêté un instant pour pisser. À force d'ingurgiter des rations militaires, même son urine avait maintenant une odeur de chewing-gum.

– J'espère qu'on va rapidement atteindre le boss de fin de niveau, murmura Jesus sans sourciller.

James cracha un filet de salive acide. L'habitude qu'avait gardée Jesus de leur rappeler comment ils avaient atterri en Irak ne le faisait plus même sourire. C'était un autre temps, un autre monde, et il avait parfois du mal à réaliser que ces souvenirs étaient les siens, qu'un an à peine auparavant ils avaient décidé, sur un coup de tête, de s'engager dans l'armée, par bravade. Comment avaient-ils pu être si inconscients ? Cynthia, sa sœur aînée, avait piqué une colère insensée, comme la femme de Jesus, d'ailleurs. Mais ils avaient l'un et l'autre fait miroiter les avantages que leur offrait le service sous les drapeaux, et la nécessité de servir leur pays. Jesus, en particulier, y voyait l'espoir de régulariser définitivement sa situation, et peut-être même d'entamer des études.

– Et en plus, en rentrant, on se paie chacun un ordinateur d'enfer, je ne te raconte pas les parties qu'on va se faire, ma femme va être folle !

La brigade Nintendo, c'est comme ça que, en riant, leur recruteur les avait baptisés, James, Jesus, Harv et Solly.

Harv avait pris une balle dans le bas-ventre à Najaf, et vidait maintenant ses intestins dans une poche en plastique, deux fois par jour, dans un hôpital militaire à Springfield. Solly avait eu moins de chance. Après un accident au décollage d'un hélicoptère AH-58, il était revenu au pays dans une caisse en sapin recouverte d'un drapeau US, comme près d'un millier de ses frères d'armes, débarquant sur le tarmac de la base militaire de l'Air Force à Dover, dans le Delaware, sous couvert de la nuit, loin des discours vibrants d'émotion guerrière de leur commandant en chef et des regards des caméras, les journalistes ayant été sommés de ne pas publier les photographies des cercueils pour ne pas nuire au moral des troupes.

Le moral des troupes… Celui de James n'était plus au beau fixe depuis longtemps. Jesus, lui, tenait mieux le coup, aidé en cela par les nombreux colis que lui faisaient parvenir ses proches, et qui amélioraient leur ordinaire quand l'intendance ne suivait pas. Sans les colis de Jesus, ils n'auraient jamais pu trouver des lames de rechange pour leurs rasoirs mécaniques, ni du dentifrice. C'était impensable que l'armée, qui leur avait tant promis, se trouvait même incapable de leur fournir des produits de première nécessité, quand des sommes colossales, James en prenait graduellement conscience, étaient chaque jour englouties dans l'effort de guerre. Il allait en faire la remarque, une énième fois, à Jesus, pour le simple plaisir de voir son ami hausser les épaules et lancer un de ces proverbes obscènes qui faisaient la joie du baraquement, quand Jesus disparut dans un nuage de poussière et de shrapnel, l'envoyant rouler à une dizaine de mètres, indemne, sonné, à moitié sourd, et littéralement recouvert des restes de son meilleur ami.

Pour la dixième fois peut-être, seul dans sa chambre, Thierry avait visionné la cassette de l'émission. Ses parents dormaient dans la pièce voisine, et il avait coupé le son du vieux téléviseur qui lui servait de moniteur pour la console de jeux. Qu'importe : il connaissait par cœur le commentaire un peu larmoyant du présentateur, et les mises en garde répétées des divers adultes interviewés sur les dangers du jeu vidéo.

Si seulement ces crétins savaient, songea-t-il. Il savait qu'il était injuste, qu'aucun des médecins, des pédopsychiatres, des sociologues présents sur le plateau de télévision, ne pouvait seulement soupçonner ce qu'il avait vécu. Non. Pour concevoir ce que le Jeu Ultime leur avait fait traverser, il aurait fallu être là, avec eux, sur les plaines dévastées du Chemin des Dames en 1917 ou dans les ruelles embrasées de Guernica en 1937…

Personne, à part Éric, Andreas et lui-même, ne pouvait imaginer ce que recelait le Jeu. Et Éric refusait maintenant d'en entendre parler, tandis qu'Andreas… Andreas avait disparu, c'est tout ce qu'on pouvait déterminer avec un minimum de certitude. Andreas avait disparu du jour au lendemain, laissant derrière lui une famille éplorée, selon les journalistes, et des camarades inquiets ou stupéfaits.

Éric et Thierry avaient été questionnés par un inspecteur de police, comme certains de leurs professeurs, mais l'enquête n'avait rien donné.

La vie avait repris son cours normal, si tant est qu'il fût possible de parler de normalité après les événements qu'avaient vécus les trois garçons.

Éric et Thierry avaient poursuivi leurs études, passant ensemble dans les classes supérieures, sans grande difficulté. Ils se voyaient souvent, mais parlaient rarement, pour ainsi dire jamais, du passé.

Thierry n'avait plus accès au jeu depuis ce jour de mai 1917 où il avait été fusillé pour l'exemple. Et Éric, Éric qui avait vaincu Andreas en combat singulier dans les décombres de Boadilla Del Monte, Éric qui avait affronté le Dragon dans une église en ruine, gardait en lui une amertume et une blessure secrète que Thierry ne pouvait que deviner. Il avait bien tenté d'en discuter avec son ami, mais en vain. Tout au plus croyait-il savoir qu'Éric avait remisé l'ordinateur familial, et la fameuse disquette, dans la cave de son immeuble.

Éric ne jouait plus. Si incroyable que cela ait pu apparaître à Thierry, et surtout à leurs autres camarades de classe, ignorants de l'épreuve qu'ils avaient traversée, Éric, l'un des trois «As du Joystick», avait abandonné les jeux vidéo.

Oh, certes, de temps à autre, invité chez Thierry ou chez Khaled, Éric se laissait convaincre d'empoigner une manette de Gamecube ou de Xbox pour une course de voitures ou un pugilat entre superhéros. Mais c'était sans conviction, et Thierry voyait bien que son ami ne faisait rien pour participer au jeu, et se laissait distancer trop facilement, afin de couper court à la compétition. Quant aux jeux de rôle, aux jeux d'aventures qu'avait affectionnés Éric, il n'était plus question même de lui en parler. L'idée d'incarner un personnage, de vivre virtuellement ses aventures, semblait une fois pour toutes lui être passée après son expérience face à Andreas pendant la guerre d'Espagne.

Thierry était seul cette nuit-là, seul dans sa chambre face à l'écran scintillant du moniteur silencieux. La bande vidéo sur laquelle il avait enregistré l'émission quelques semaines auparavant n'était pas d'excellente qualité, et l'image sautait par moments, le forçant à cligner des yeux pour diminuer la tension de ses muscles oculaires. *Tu as vu cette connerie cent fois...* songea-t-il. *Quel intérêt peux-tu y trouver?...* Toujours les mêmes platitudes ressassées, sur les dangers des jeux vidéo, l'abrutissement des jeunes face à «des machines-de-plus-en-plus-perfectionnées-mais-qui-entraînent-un-appauvrissement-de-la-culture-et-une-préoccupante-distanciation-par-rapport-à-la-réalité»... Il lui suffisait de voir pontifier à l'écran l'imbécile de service, un psychologue autoproclamé spécialiste de la question, pour se remémorer l'essentiel de son discours, que le présentateur, un gendre idéal à oreillette, buvait comme du petit-lait. Sourcil levé en signe de fausse surprise, sourire Colgate étincelant tenu en veilleuse pour signifier que le sujet était grave et méritait réflexion, l'homme-tronc habitué des débats foireux hochait doctement la tête, sans trop en faire cependant pour ne pas perdre de parts d'audience. Surtout ne pas oublier que ces jeunes cons qu'on stigmatisait à longueur de journée représentaient une partie non négligeable de l'audience de la chaîne, des séries américaines mal doublées qu'elle repassait en boucle, ou des shows de télé-réalité où elle mettait complaisamment en scène ces mêmes adolescents, leur promettant richesse et célébrité avant de les enfermer dans des lofts pourris ou des châteaux à la décoration kitschissime pour les amener à se tripoter sous la couette et leur faire beugler en direct live les chansonnettes poussives de rebelles gras du bide aux cheveux décolorés ou au crâne en peau de fesse. *Parce que ça, bien entendu*, songea encore Thierry, *ça n'entraîne pas un-appauvrissement-de-la-culture-et-une-préoccupante-distanciation-par-rapport-à-la-réalité... Pauvres bouffons...*

Il en était là de ses pensées amères et désabusées, quand dans un flot d'images d'archives évoquant quelques affaires récentes liées aux jeux vidéo, entre deux extraits d'un documentaire sur le massacre de Columbine, il vit passer une photographie d'Andreas, dont la disparition était associée par les présentateurs à ses affinités avec l'extrême droite et à sa pratique solitaire des jeux vidéo. Un court instant, lorsque le visage d'Andreas eut disparu de l'écran, laissant comme chaque fois à Thierry un sentiment diffus de malaise, une autre série de photos probablement issues des archives de la police défila sur l'écran.

Le cœur de Thierry bondit dans sa poitrine.

Il était allongé sur le lit, la tête calée sur un oreiller, un verre de Coca-Cola à moitié vide à portée de main, quand l'une des photos le fit sursauter si violemment qu'il renversa une partie du liquide sur le couvre-lit. Il fouilla dans sa poche, puis sous son lit, y dénicha un mouchoir en papier roulé en boule pour tenter de limiter les dégâts. Puis se jeta sur la télécommande et rembobina la cassette.

Revenu au début du court extrait documentaire, il tenta d'avancer plus lentement, mais ni la télécommande ni le poste vieillissant ne lui permirent d'examiner suffisamment longtemps l'image qui l'avait fait sursauter.

Comme la première fois, cela passa vite, trop vite pour qu'il distingue bien les détails. La photographie était mal reproduite, l'écran était mal réglé, trop lumineux.

Au mur de la chambre pendait un grand drapeau noir, sur lequel Andreas avait épinglé sa collection d'insignes de la Seconde Guerre mondiale, dont celui qui avait provoqué l'altercation avec le vieux vendeur de la boutique londonienne, et précipité la suite des événements. Un insigne nazi, Thierry le savait maintenant. Comme nombre d'autres insignes qu'Andreas avait impunément arborés sur son blouson, au fil des ans, dans l'indifférence de ses camarades.

Qu'est-ce qu'on peut être con quand on est jeune... songea Thierry sans même sourire de cette rengaine trop souvent entendue dans la bouche des adultes. Il ne sourit pas parce que, pendant les quelques secondes où l'image resta à l'antenne, il discerna, sur la droite, un peu en retrait, le bureau sur lequel Andreas posait son ordinateur. La photographie avait dû être prise par les services de police dans les jours suivant la disparition d'Andreas, lorsque ses parents l'avaient signalée. L'ordinateur était allumé.

À l'écran, une fraction de seconde, Thierry vit une image qui lui donna la chair de poule.

En fond d'écran, il remarqua une série de bâtiments qu'il ne reconnut pas. Une ville, une rue. Des hommes et des femmes agglutinés auprès d'un vieil autobus. Mais ce ne fut pas ce qui le saisit à la gorge. Barrant l'écran, en surimpression, il avait aperçu des inscriptions qu'il connaissait par cœur, et qu'il pensait ne jamais revoir dans ce monde ou dans un autre.

Choisissez votre mode de jeu :
Corps à Corps
Stratégie
Ultime

– Ce n'est pas fini, murmura-t-il avec effroi. Ce n'est pas fini.

Et tandis que ces mots passaient ses lèvres, comme un écho, lui revint la voix du vieil homme dans la boutique, une voix qu'il croyait avoir totalement oubliée mais qui maintenant surgissait des limbes de sa mémoire, lasse et prophétique :

– Ça ne finira jamais…

– Je te dis que j'ai vu sa chambre, et son écran d'ordinateur, AL-LU-MÉ. Ça n'a duré qu'un instant, mais j'ai reconnu la capture d'écran. Je suis certain que c'était le Jeu.

Éric posa son stylo sur la table de la bibliothèque, soupira :

– Ce n'est pas possible.

La bibliothécaire leur jeta un regard interrogateur, leva l'index vers le panneau « SILENCE, MERCI » punaisé au-dessous de l'horloge.

– Ce n'est pas possible, répéta Éric en baissant la voix. Andreas ne pouvait plus avoir accès au Jeu. Je l'ai vaincu en combat singulier à Boadilla Del Monte. Je l'ai vaincu, j'ai tué son… son avatar, si tu veux. Il n'avait plus de possibilité de retourner dans le Jeu, et c'était bien le but que nous poursuivions à l'époque. Nous protéger de lui, et le protéger de lui-même, parce que le Jeu était en train de le rendre encore plus cinglé qu'au naturel.

– Tu me fais rire, répondit Thierry. Tu m'annonces doctement, scientifiquement, qu'Andreas ne pouvait plus avoir accès au Jeu parce que, dès qu'on y a trouvé la mort une fois, on ne peut plus s'y incarner. Tu m'énonces ça tranquillement, comme si c'était un théorème de physique. Qui te dit qu'on a tout compris du fonctionnement du Jeu ?

– Tu as essayé d'y retourner, toi ?

– Oui, admit Éric.

– Et alors ?

– Accès refusé.

– À toi, le Jeu refuse l'accès. Mais à Andreas, pour raison de santé, ou par simple favoritisme, le Jeu permet de faire une dernière petite partie, une extra-balle, en somme. *« Same player shoots again… »*

– Pourquoi pas ? Je ne prétends pas comprendre ce qui s'est passé. Je te dis juste ce que j'ai vu. L'écran était allumé, et il avait accès au Jeu.

Éric se contenta de hocher la tête négativement, fit mine de se replonger dans *Un long dimanche de fiançailles*.

– Tu ne t'es jamais demandé comment il a fait pour disparaître comme ça, d'un seul coup, de la surface de la Terre ?

– Il n'a pas disparu de la surface de la Terre, corrigea Éric. Il a disparu de notre champ de vision, nuance. Il peut être n'importe où à cette heure.

– N'importe où, vraiment ? Et pourquoi il aurait fugué ? Ça va faire trois ans, quand même, sans la moindre nouvelle.

– Pourquoi il aurait fugué ? Pourquoi il aurait fugué !!! Je ne sais pas, moi, je ne suis pas à sa place. Un père violent et raciste, une collection d'objets nazis à faire pâlir d'envie les nostalgiques du IIIe Reich, suffisamment de matériel dans sa chambre pour faire péter le collège, et ses deux meilleurs copains qui lui flanquent l'humiliation de sa vie dans un Jeu dont il se croyait le Maître sans égal… Non, franchement, je ne vois pas pourquoi il aurait fugué…

– Tu n'envisages pas une autre explication ?

– Non.

– Tu le fais exprès. Je suis sûr que tu le fais exprès. Tu sais très bien ce que je veux dire.

– Non, quoi ?

– Il a été happé par le Jeu. Il a été entraîné à l'intérieur.

Éric ferma son livre, leva les yeux au plafond avant de se tourner vers Thierry :

– Il a été happé par le Jeu… C'est ça, ta grande trouvaille ?… Il a vu une lumière à l'intérieur, il est entré par la fente de la disquette, et depuis trois ans il fait du skate sur son disque dur, c'est ça ?

– Arrête de te foutre de ma gueule, s'il te plaît. Je suis sérieux.

Éric soupira.

– Ça ne me fait pas plus plaisir qu'à toi, poursuivit Thierry. Mais il faut qu'on explore cette possibilité.

– Comment ça ?

– Moi, je suis grillé, apparemment. Par contre toi, tu pourrais y retourner.

– Pas question.

– J'étais certain que tu dirais ça. Je comprends. Mais au moins, tâchons d'en savoir un peu plus. Le père de Khaled est flic, non ? C'est lui qui nous avait interrogés à l'époque. Il a sûrement accès aux archives. Le dossier d'Andreas doit bien être quelque part, non ?

– Mais qu'est-ce que tu imagines y trouver ?

– Ces photos, pour commencer. Ces photos que l'on voit sur la cassette de l'émission. C'est tellement rapide, presque flou…

– Tu vois… Tu admets toi-même que tu pourrais t'être trompé.

– Non, assura Thierry. Je dis simplement que les détails sont difficiles à établir sur la cassette. Si nous obtenons les photographies de la police judiciaire, je suis sûr de te convaincre.

– Et Khaled, tu le convaincs comment ?

Thierry ne répondit pas tout de suite, laissant Éric deviner.

– Il n'en est pas question, tu m'entends. Il n'est pas question de mêler qui que ce soit d'autre à cette histoire…

– Même si c'était le seul moyen de retrouver Andreas ?

– Qu'est-ce que j'en ai à foutre, d'Andreas ? Et toi, ça ne te gêne pas d'impliquer Khaled là-dedans, alors qu'il ne nous a rien demandé ?

– Messieurs, je vais devoir vous prier de sortir. Vous êtes dans une bibliothèque, ici…

Thierry obtempéra, tandis qu'Éric, ramassant rapidement ses affaires, le suivait dans le hall :

– Mais oui, pourquoi pas… poursuivit-il. C'est un plan génial, je me demande comment ça ne m'a pas aveuglé d'emblée, tellement c'est génial. On kidnappe un copain d'origine algérienne, qui n'est au courant de rien. On l'assied devant un écran et on le soumet au Jeu le plus pervers et le plus dangereux qui ait jamais tourné sur un Pentium. Une fois qu'il est persuadé du danger que représente ce Jeu, on lui demande de soutirer à son père des renseignements sur la disparition d'un type qu'on a connu il y a des années. Pas n'importe qui, accessoirement… mais un facho et un raciste fini qui s'endormait tous les soirs en rêvant de casser de l'Arabe… C'est top, y a pas à dire, je ne vois pas de faille, c'est top. Maximum respect, comme dit Khaled…

– Je suis content de voir que tu en es, sourit Thierry en félicitant Éric d'une violente tape sur l'épaule.

En fait, ça ne s'était pas passé exactement comme prévu. Lorsqu'ils avaient commencé à exposer leur plan à Khaled, doucement, en utilisant des périphrases, sans même aborder la nature du Jeu, celui-ci avait tout de suite tilté.

– Andreas? Tu veux dire Andreas Salaun, le facho avec qui vous traîniez tout le temps en quatrième?

– Celui-là même, oui…

– Et vous voudriez en savoir plus sur sa disparition, c'est ça?

– En quelque sorte…

– En quelque sorte?… Waaalou, vous allez m'ouvrir un compte, les mecs!

– Comment ça, t'ouvrir un compte? demanda Thierry.

– Tu sais comme Mme Levine aime les beaux devoirs d'anglais bien faits et bien présentés… Et moi, souvent, j'ai pas la patience. Pas quand Lara «Ah ah ah… elle est trop chaude» m'attend sur la Xbox avec son petit short moulant…

– OK, c'est compris. Mais toi, comment tu vas convaincre ton père de nous sortir ces documents?

– Tu veux vraiment savoir? jubilait Khaled. C'est mon père qui les a prises, ces photos. Et il en a gardé des tirages, ainsi qu'une copie du dossier. Il a une pile comme ça sur le père d'Andreas, «Robert Salaun, Français de France», comme c'est marqué sur ses affiches...

– A priori, on a tiré le gros lot, murmura Thierry.

Éric, soulagé de ne pas avoir à infliger à Khaled la vision du Jeu, acquiesça.

– À toi les devoirs d'anglais, à moi Lara «Oh là là, mon T-shirt est tout rétréci» et ses obus...

– Tu sais quoi? demanda Thierry. Parfois, tu me rappelles presque quelqu'un que j'ai bien connu...

Ce ne fut pas aussi facile que Khaled l'avait indiqué. Il lui fallut attendre une absence de son père, envoyé en formation dans le Nord pour un long week-end, avant de donner le feu vert à ses amis.

– Vous venez ce samedi après-midi. Ma mère ne sera pas là, elle fait des courses avec ses amies. Il y aura juste Anissa, ma cousine, mais la seule chose qui l'intéresse, c'est la télé.

À l'heure dite, Thierry et Éric se retrouvèrent au pied de l'immeuble où habitait Khaled, dans un des quartiers les plus tristes de la ville. Pour y arriver, ils avaient traversé en se hâtant, sur une dalle balayée par un vent cinglant malgré le soleil de juin, un centre commercial à moitié désert dont la plupart des rideaux de fer étaient fermés définitivement.

– C'est super gai chez lui, remarqua Thierry avant de se mordre l'intérieur de la joue.

Éric, il l'oubliait toujours, habitait dans le même type de zone. Mais celui-ci ne releva pas.

Ils gravirent l'escalier, l'ascenseur étant en panne, jusqu'au neuvième étage.

– Ça maintient en forme, dit Thierry.

– Surtout quand tu as oublié le pain, répondit Éric.

Ils sonnèrent, furent accueillis par Khaled. D'une pièce avoisinante, parvenait le son de la télévision, en arabe apparemment.

– Ma cousine, dit simplement Khaled. Elle est branchée en permanence, je la surnomme Al-Jazeera…

Éric et Thierry traversèrent le petit salon, jetant un œil aux décorations murales. Thierry reconnut un grand bâtiment qui devait être à La Mecque, des photographies d'un village à flanc de colline, qui semblaient dater d'une trentaine d'années au vu des rares véhicules qu'il y décela.

Khaled referma la porte de sa chambre. Au mur, des posters de Spiderman, de Viggo Mortensen. Sur une étagère, une collection de DVD-Rom et de CD de Playstation. Sur le bureau, en fouillis, des vêtements, des livres de cours, et, comme dans leurs chambres respectives, un ordinateur.

– Tu ne te fais pas chier, siffla Éric. C'est au moins un Pentium IV.

– Exact. 3.06 gigahertz, technologie Hyper Threading (533 MHz fsb)…

– C'est du chinois pour moi, avoua Éric. C'est Thierry, le crack en informatique.

– Oui, enfin si on veut, tempéra Thierry. Ça fait longtemps que je ne bidouille plus trop…

– Assieds-toi là, dit Khaled en désignant le siège de l'ordinateur à Éric.

– Non, non, je vais prendre le lit, répondit ce dernier après un instant d'hésitation.

Thierry s'assit près de l'ordinateur, sans faire de commentaire. Un moment, il lui avait semblé qu'Éric avait eu peur de s'approcher de la machine…

– Voilà le dossier, les mecs. La copie que mon père en a faite. Ça ne sort pas d'ici, bien entendu. Si vous voulez faire des copies, on peut scanner les textes, les photos, mais on n'a que deux heures avant que ma mère revienne.

Ils se plongèrent dans le dossier «Robert Salaun», sans un mot. Ce fut comme prendre un grand bain en apnée dans une fosse septique.

La vie et l'œuvre de Robert Salaun les occupèrent pendant une bonne heure. Longtemps confiné à un rôle modeste au sein de «Patrie et Renouveau», le parti d'extrême droite de Roger Castaing, le père d'Andreas avait été récemment promu à la tête du service de sécurité interne, à la suite du décès de son prédécesseur dans un accident de voiture. Il n'était pas rare, maintenant, de l'apercevoir à la télévision, même brièvement, lors des reportages sur les meetings politiques de Roger Castaing. S'il avait soudain gravi de nombreux échelons dans la hiérarchie du parti, cela avait été au prix d'une relative discrétion. Il ne s'exprimait plus dans les médias, fuyant les interviews qu'il donnait auparavant régulièrement aux journaux locaux, et dans lesquels son racisme et sa xénophobie apparaissaient trop clairement. De temps à autre, en lisant une de ses anciennes interviews, Éric ou Khaled laissaient échapper un sifflement de dégoût ou d'effarement. Puis ils en vinrent au dossier de la disparition d'Andreas. C'était sa mère, Nita Salaun, qui avait prévenu la police. Trois jours après avoir vu son fils pour la dernière fois. Elle s'était rendue au commissariat où elle était tombée sur l'inspecteur Boudjedrah. Celui-ci avait recueilli sa déposition, puis l'avait accompagnée avec un agent à son domicile. Là, d'après le rapport de police, une altercation avait eu lieu entre Robert Salaun et les policiers, altercation sur laquelle l'inspecteur Boudjedrah ne s'était pas étendu dans son rapport. Il avait, il est vrai, mieux à dire. Une rapide inspection de la chambre d'Andreas avait permis de vérifier qu'il n'avait emmené aucun autre vêtement que ceux qu'il portait sur lui. Son portefeuille, ses papiers d'identité, tout était resté sur place, dans la poche intérieure d'un bomber en cuir. Mais surtout, en jetant un œil dans son placard, l'inspecteur avait déniché plusieurs flacons et containers de produits ménagers divers, ainsi qu'une recette, apparemment dénichée sur un site néonazi, pour fabriquer un engin incendiaire. Les choses avaient alors pris une tout autre tournure, et à l'enquête sur la disparition ou la fugue d'Andreas s'était greffée une enquête sur ses fréquentations et ses mobiles éventuels. Dans la somme de documents que l'inspecteur Boudjedrah avait photocopiés, Thierry et Éric retrouvèrent trace de leurs interrogatoires, et de ceux de leurs professeurs. Ils y lirent sans étonnement ce que ceux-ci avaient pensé de l'élève Andreas Salaun. Sa disparition, semblait-il, ne chagrinait pas grand monde.

L'après-midi avançait lorsqu'ils tombèrent sur une pochette non identifiée contenant ce qu'ils avaient cherché sans le savoir. Les policiers avaient fait analyser le contenu du disque dur d'Andreas par un service informatique interne. Une longue liste de programmes suivait, avec quelques captures d'écran qui permettaient de mieux cerner les centres d'intérêt d'Andreas. Gêné, Thierry passa rapidement les mauvais tirages noir et blanc de photos pornographiques dont Andreas faisait collection. Éric et Khaled poursuivirent l'inventaire tandis qu'il s'éclipsait pour se rendre aux toilettes.

– C'est dans la salle de bains, tout droit puis première à gauche.

Thierry suivit les directives de son ami, surpris de découvrir, par la fenêtre du salon, que la journée avait bien avancé. Il devait être près de dix-neuf heures. Il passa la chambre d'où jaillissait toujours, ininterrompu, le son d'une télévision aux consonances étrangères, et poussa la porte de la salle de bains.

La jeune femme était debout devant la glace. Les doigts de la main droite posés à la commissure de ses lèvres, elle semblait interroger son regard dans le miroir.

– Oh, je suis désolé, je ne savais pas qu…

Elle avait eu un mouvement brusque, de peur et de colère, qui surprit Thierry. Il ne put s'empêcher de penser qu'elle ressemblait à s'y méprendre à Sophie Marceau, en plus jeune. Sophie Marceau telle qu'il l'avait découverte récemment dans un film des années quatre-vingt qui l'avait bouleversé.

– Excusez-moi, je croyais que vous étiez dans l'autre pièce… À cause de la télévision…

– Ce n'est pas grave, dit-elle d'une voix qui tremblait à peine.

Elle couvrit ses cheveux noirs d'un foulard gris qui reposait sur ses épaules, et, se glissant sur le côté, le frôla pour regagner sa chambre.

Il resta un bon moment, une fois la porte refermée, à tenter de graver son parfum dans sa mémoire.

– C'est là, dit Éric en pointant du doigt une ligne de code informatique sur le listing qu'il épluchait avec Khaled.

– Qu'est-ce que c'est ?

Éric hésita avant de répondre :

– Un programme. Un jeu auquel jouait… Andreas.

Sans plus prêter attention à Khaled, Éric lut les quelques lignes qu'il croyait avoir oubliées.

Dans le répertoire ULTIME, quatre fichiers : Install.exe, Install.bat, Setsound.exe et Ultime.exe. Quatre fichiers, de provenance inconnue, qui les avaient projetés dans un autre monde, et avaient failli les anéantir. Il en était revenu, Thierry aussi. Qui pouvait dire ce qu'y avait trouvé Andreas, si, comme Éric se refusait à l'imaginer, il était retourné dans le Jeu.

Éric posa de côté le listing, découvrit les photographies qui avaient tant intrigué Thierry. Et resta bouche bée, paralysé par l'angoisse. L'inspecteur avait utilisé un appareil numérique, sans flash, pour photographier la chambre du disparu et ses décorations morbides, ainsi que l'écran de l'ordinateur tel qu'il avait été retrouvé, allumé, en veille, trente-six heures après la disparition d'Andreas.

Au premier plan, on distinguait des visages. Un enfant, avec un béret sur la tête. Un béret noir qui cachait totalement ses cheveux. Un enfant au regard vide, choqué, qui fixait l'objectif sans comprendre. Derrière lui, partiellement masquée, une femme assise sur une carriole, portant sur ses genoux un gros baluchon de toile. Même béret, même air de stupéfaction. C'était peut-être sa mère, ou sa tante. Elle était épuisée, effondrée. Un peu plus loin, sur la droite de la photographie, de dos, deux policiers en uniforme. L'un observait son entourage, un bâton blanc pendu à sa ceinture. L'autre s'en était saisi comme d'une baguette de chef d'orchestre et tentait de régler le chaos qui régnait autour d'eux. Des hommes, des femmes, une bonne vingtaine en tout dans le champ de la photo, si c'était une photo. La plupart d'entre eux étaient de dos, et semblaient attendre leur tour pour monter dans l'un ou l'autre des trois autobus garés devant un grand bâtiment blanc.

Et sur cette image muette, figée, quatre lignes en surimpression :

Choisissez votre mode de jeu :

Corps à Corps

Stratégie

Ultime

– Qu'est-ce qu'il y a ? Ça ne va pas ? Tu es tout pâle…

Éric n'entendait pas. Il n'entendait plus. Il était loin, très loin de Khaled et de Thierry, qui venait de les rejoindre dans la chambre. Il scrutait, hypnotisé, cette photographie qui semblait renfermer une clé de son destin.

Andreas était retourné dans le Jeu.

Malgré sa défaite dans l'église à Boadilla Del Monte, il avait à nouveau eu accès à l'Expérience Ultime et, cette fois-ci, y avait été englouti. Thierry avait raison. Si incroyable que cela puisse paraître, il avait raison.

Andreas était passé de l'autre côté, dans le Jeu.

– Tu peux m'expliquer pourquoi il se met dans cet état ? demanda Khaled. C'est quoi, cette photo, d'abord ?

– Je ne sais pas, dit Thierry. Mais ça ne me dit rien qui vaille. On dirait… on dirait une rafle.

– Une rafle de quoi ? de qui ?

– Je ne sais pas, je ne suis pas sûr. Une rafle pendant la guerre. Une rafle de Juifs.

Khaled ne dit rien, scruta longuement la photo.

Dans le couloir, on entendit soudain des voix. Khaled sursauta, prit les documents des mains d'Éric et les fourra nerveusement dans leur pochette d'origine. Au milieu des voix de femmes, chantantes, on distinguait une voix plus grave, masculine.

– Merde ! lâcha Thierry. Ne me dis pas que c'est ton père...

– Non, non, dit Khaled en glissant le dossier sous son lit. C'est pas mon père, il est à Lille je t'ai dit. Ça doit être mon cousin, il aide souvent ma mère pour les courses...

La porte s'ouvrit en grand. Sur le seuil se tenait un homme d'une vingtaine d'années. Un mince collier de barbe encadrait son visage fin, à l'œil vif, amusé :

– Bonjour. Je ne savais pas que tu avais des invités.

Khaled se releva, fit les présentations :

– Ce sont des amis, Thierry... Éric... On est dans la même classe... On révisait... l'histoire... l'histoire du XXe siècle...

– Vaste programme... dit l'homme en jetant un œil à l'écran d'ordinateur, sur lequel s'affichait la partie de *Doom III* que Khaled avait mise en pause à l'arrivée de ses amis.

– Thierry, Éric, c'est Samir, mon cousin.

Thierry et Éric lui serrèrent la main.

– Je crois que tu ferais bien d'aller aider ta mère. Je lui ai monté les courses dans l'escalier, mais on a laissé les packs d'eau et le Coca en bas...

– On va vous aider, proposa spontanément Thierry.

– Ce n'est pas la peine, répondit Samir avec le sourire. Deux-trois allers-retours lui feront le plus grand bien…

– Oui, mais… je veux dire… Ce n'est peut-être pas très sûr de laisser de la nourriture comme ça dans le hall.

– Oui, c'est vrai, on devrait se méfier. Avec tous ces Arabes qui traînent dans le coin… énonça Samir sans ironie apparente.

Thierry se mordit les lèvres, ne sachant que répondre.

– Allez, arrête, coupa Khaled. Tu ne vois pas qu'il dit ça pour déconner? Hein, Samir, c'est pour déconner…

Samir partit d'un grand rire:

– Évidemment… Allez donc l'aider si vous tenez à vous briser les reins.

Thierry et Éric suivirent Khaled, saluant sa mère au passage, et s'engouffrèrent dans l'escalier. Samir resta un long moment seul dans la chambre, inspectant les affiches au mur et la collection de DVD de son cousin. Son regard tomba sur l'ordinateur. Il s'assit, passa en revue les jeux vidéo que Khaled avait empilés à côté de l'unité centrale. L'un d'eux arrêta son attention. Il le retira de la pile, jeta un œil sur la jaquette de couverture:

«Objectifs de l'opération: Retrouver et désamorcer à n'importe quel prix quatre têtes nucléaires volées. Peu importe le nombre de terroristes et de soldats ennemis qu'il vous faudra tuer pour mener à bien cette opération.»

Il scruta les captures d'écran reproduites à l'arrière du CD. L'une d'entre elles reconstituait en images de synthèse Saddam Hussein, debout en uniforme militaire dans la cour d'un bâtiment religieux entouré de minarets. Samir ouvrit le lecteur de CD, y glissa la galette et suivit les instructions à l'écran.

«*Soldier of Fortune* présente un univers de combat et de guerre moderne, réaliste. Par conséquent, ce jeu contient des scènes qui ne s'adressent pas à tous publics.»

Samir appuya sur la touche «Enter», poursuivant l'installation.

Après quelques secondes, un nouvel écran apparut, sur un fond vert et kaki:

«Si le contenu du jeu est trop violent à votre goût, ajustez les paramètres de violence ci-dessous.

Choisissez "personnalisé" pour désactiver certaines options:

Violence totale

Violence minimum

Options de violence personnalisées.»

Dans le couloir, Samir entendait souffler Khaled et ses deux amis. Il choisit la troisième solution, par curiosité.

«La violence réaliste de *Soldier of Fortune* prend plusieurs formes. Décochez toutes les caractéristiques ci-dessous qui vous paraissent choquantes.

Sang visible

Toutes les séquences de mort visibles

Textures destinées à un public adulte

Blessures visibles

Démembrement visible.»

Sans manifester d'émotion ni de surprise particulière, Samir acheva l'installation et attendit que Khaled revienne dans sa chambre, seul.

– Ils sont rentrés chez eux. Il fallait qu'ils finissent leurs devoirs. Et puis il est tard, je n'avais pas vu l'heure passer…

Khaled ne savait pas pourquoi il se sentait obligé de donner tant d'explications à son cousin. Samir n'avait théoriquement aucune autorité dans le groupe familial. Il avait débarqué de Grenoble six mois plus tôt, avec Anissa, pour poursuivre des études d'ingénieur à Paris tout en travaillant à mi-temps. Les parents de Khaled avaient tout fait pour leur dénicher un appartement en HLM dans la cité. Mais quelque chose, aux dires de Samir, avait mal tourné lors de son arrivée à Paris, et il n'avait pas été embauché. Il n'en avait pas reparlé depuis, et personne dans la famille ne lui avait posé la question. En privé, Monssef Boudjedrah, le père de Khaled, avait laissé entendre que Samir avait été victime de discrimination, qu'il n'avait probablement pas été accepté parce qu'il était arabe. Il lui avait conseillé de se battre, avait proposé de l'aider dans ses démarches, mais Samir avait rejeté cette offre. Il n'était pas pressé, avait-il expliqué au père de Khaled, qui se demandait comment Samir faisait pour vivre, manger et payer son loyer.

De fait, Samir et Anissa vivaient avec trois fois rien. Pas de télévision, pas de contact avec le monde extérieur. Anissa passait une bonne partie de son temps libre chez les parents de Khaled, devant la télévision. Samir disparaissait, parfois plusieurs jours d'affilée, pour contacter des employeurs, sans grand succès. Mais il était patient et réfléchi. Il émanait de lui une aura naturelle de dignité, d'impassibilité, qui le faisait paraître plus que son âge. Khaled n'aurait pas osé se l'avouer, mais il avait parfois peur de son cousin, de cette intelligence à l'affût, qui semblait ne se concentrer sur rien de précis, et attendre. Attendre quoi ?

– Tu voudrais me faire une démonstration, s'il te plaît ? demanda Samir en désignant l'ordinateur.

Khaled, étonné, réalisa que son cousin avait installé seul *Soldier of Fortune*.

– Tu veux vraiment que je te montre ça ? Je croyais que ça ne t'intéressait pas du tout, ces trucs-là. Et puis, tu sais, c'est un très vieux jeu. Au moins trois ou quatre ans… Je peux te montrer beaucoup mieux, si tu veux un aperçu de ce qui se fait maintenant…

– Non, non, je te remercie. C'est celui-là que je voudrais voir tourner. Pas un autre.

– Mets-toi au clavier, proposa Khaled. Tu verras, c'est très facile…

– Merci, non. J'aimerais te voir jouer.

C'était moins une invitation qu'un ordre.

– Mais… je voulais aider ma mère à mettre la table.

– Anissa s'en chargera.

Khaled s'assit devant l'écran. Il enclencha le jeu, oubliant bientôt la présence silencieuse de Samir à ses côtés.

– Alors ? demanda finalement Thierry comme ils descendaient du bus qui les ramenait en centre-ville, non loin du lycée.

– Alors quoi ?

– Oh… tu veux jouer à ce petit jeu à la con ? OK, on y va. Ne te fatigue pas, surtout. Je peux faire les questions et les réponses. Moi : Eh bien tu sais, les photographies de la chambre d'Andreas… Toi : Qu'est-ce qu'elles ont, ces photographies ? Moi : Mais enfin, Éric, c'est la preuve qu'il est retourné dans le Jeu. Toi : Mais non, mais non, peut-être que c'est juste une capture d'image ancienne qu'il avait installée en fond d'écran par nostalgie... Moi : Tu te fous de ma gueule ou tu es vraiment devenu débile ?

– Je dois répondre à cette dernière question ? demanda Éric en souriant.

– Je te parle sérieusement, dit Thierry, s'arrêtant net.

Éric fit quelques pas, soupira, puis revint vers lui.

– OK, OK... Juste pour te faire plaisir... C'est un écran de jeu. Un écran que je n'avais jamais vu auparavant. Et, effectivement, ça évoque une rafle. Mais c'est tout ce qu'on peut en dire.

– Une rafle quelque part en France. Ce sont des agents de police français, apparemment.

– OK, acquiesça Éric.

– Et je pense que ça se passe à Paris, ou en région parisienne. À cause des autobus.

– Tu es subitement devenu spécialiste des transports urbains ?

– On avait dit qu'on réfléchissait sérieusement...

– OK.

– Mon hypothèse, parce que ça reste une hypothèse, c'est qu'Andreas a eu de nouveau accès au Jeu, malgré la mort de son avatar à Boadilla Del Monte... et que le Jeu l'a... happé.

– Happé ?

Thierry acquiesça.

– Et si c'était le cas ? demanda Éric. Tu nous vois aller expliquer ça à la police, ou à ses parents ?

– Non. Aucun adulte ne nous croira. S'il est vraiment passé de l'autre côté, il n'y a que nous qui puissions faire quelque chose.

– Et pourquoi ferions-nous quelque chose pour Andreas ? Tu as vu ce qu'il préparait dans sa chambre ? Tu crois qu'il en serait resté là ? À faire sauter des poupées en plastique comme l'autre débile dans *Toy Story* ? Non, je pense qu'Andreas a peut-être été… mis hors d'état de nuire.

– Tu ne trouves pas que c'est un moyen un peu… radical ?

– Non, répondit Éric. Et je ne vois pas en quoi cela nous concerne. Je n'ai pas souvenir qu'il ait été un ami fidèle ni affectueux.

– Ça n'empêche, murmura Thierry.

– Ça n'empêche quoi ?

– Nous sommes probablement les seuls qui puissions comprendre ce qui lui est arrivé.

– Et alors ?

– Je n'ai pas particulièrement d'affection pour Andreas. À vrai dire, je n'ai pas de bon souvenir de lui, nous étions constamment en rapport de force. Mais nous représentons… sa seule chance.

– Sa seule chance de quoi, Thierry ?

– Tu as vu dans quoi il est tombé ? Tu as vu où le Jeu l'emmène ?

– Tue-la.

Khaled hésita. Son doigt effleura la touche gauche de la souris…

– Mais il n'y a pas de raison de…

– Tue-la, répéta Samir.

Il n'y avait aucune haine, aucune hystérie dans sa voix. Mais cet appel au meurtre avait tout d'un ordre.

Khaled faillit obéir. Dans l'état de stress où il était,

après trois heures de jeu, le plus simple aurait été d'appuyer sur la détente, de libérer sa frustration dans une rafale de mitraillette SMG. Ce n'était certes pas son arme préférée, mais il ne trouvait plus, depuis une bonne demi-heure déjà, de munitions pour son pistolet Desert Eagle, un véritable bijou… Oh, bien sûr, le SMG était probablement aussi efficace… Une simple pression de l'index et l'ennemi était arrosé d'une rafale meurtrière, quand la gâchette du Desert Eagle ne libérait qu'un projectile chaque fois. Mais quel projectile ! L'arme tressautait à l'écran, le recul, puissant, la ramenant en haut et en arrière à chaque tir. Le son lui-même, le bruit de l'arme, était beaucoup plus jouissif, plus… intime… que le bruit métallique assez quelconque de la mitraillette. Et le mouvement… le mouvement des corps… Frappés par une rafale de SMG, les ennemis s'écroulaient, désarticulés, en une sarabande grotesque. Tandis que le projectile du Desert Eagle, pour peu que Khaled vise correctement, semblait les figer en plein mouvement, les cueillir au ralenti. Ils s'arrêtaient, brusquement, puis, comme si une main invisible dégonflait un ballon de baudruche, s'effondraient en tournoyant lentement…

– Tue-la…

L'injonction de Samir l'avait soudain ramené à la réalité, à sa chambre, où crispé devant l'écran il venait de passer trois heures à évoluer dans l'intrigue de *Soldier of Fortune*. Les choses avaient commencé très fort. Khaled incarnait John Mullins, un vétéran du Vietnam devenu mercenaire. Au premier niveau, un groupe de terroristes d'extrême droite avait pris en otages des usagers du métro. La police, débordée, n'arrivait pas à reprendre le dessus. Khaled s'était retrouvé dans les corridors d'une station new-yorkaise, confronté à une bande de dégénérés prêts à tout. Il avait dû recommencer trois fois avant de finir le niveau. À deux reprises, le jeu s'était arrêté spontanément, car l'une de ses balles perdues avait fauché un passant. La troisième fois, il avait hésité une seconde de trop pour éviter de blesser l'otage derrière lequel s'abritait l'un des terroristes… et il avait pris une grenade en pleine face. Il avait dû repartir au début, utiliser toutes les ressources du jeu, s'abriter derrière les coins de murs, profiter des miroirs sans tain et des écrans de surveillance pour venir à bout de ses adversaires sans blesser un seul otage. Ensuite, l'aventure s'était corsée. L'attaque du métro new-yorkais n'était qu'une diversion. Le même groupe terroriste s'était rendu maître d'une centrale nucléaire russe mal protégée, et avait fait main basse sur une demi-douzaine d'ogives nucléaires. Khaled et ses collègues des Forces spéciales avaient dû crapahuter dans les égouts d'une bourgade perdue au Kosovo, infiltrer une station arctique en Sibérie, monter à bord d'un train fou au Katanga, pour déjouer les plans des terroristes et mettre hors d'état de nuire les têtes nucléaires que ces salopards avaient revendues aux pires détraqués de la planète. Au cinquième niveau, Khaled, alias John Mullins, avait reçu pour mission de se rendre en Irak. Le jeu se déroulait en novembre 2000, dix ans après la première guerre du Golfe. Un général irakien rebelle, déçu par la «mollesse» de Saddam Hussein, avait racheté l'une des ogives nucléaires en vue d'attaquer l'Amérique. Il devait être éliminé lors d'une mission d'infiltration… qui avait bien mal commencé. Après avoir choisi son arsenal, et acheté des munitions supplémentaires à l'aide des primes que lui avaient valu ses réussites antérieures, Khaled avait été parachuté dans une ruelle de Bagdad. Il avait contourné un marché de la ville, réussi à pénétrer dans un hammam où il avait abattu une demi-douzaine de soldats irakiens. Il était ensuite monté sur les toits de la ville, jusqu'à un bâtiment religieux. Là, une porte métallique verrouillée avait stoppé sa progression, et il s'était rendu compte qu'il avait dû sauter une étape essentielle. Pour obtenir la clé de cette porte, il lui fallait probablement revenir en arrière et affronter les soldats de la Garde impériale qu'il avait dans un premier temps évités au marché de Bagdad. Il avait fait machine arrière, s'était retrouvé près de son point de départ, planqué derrière un camion militaire.

La ville semblait hors d'âge. Ce n'étaient que ruelles étroites, minarets, hammams, tout un petit monde coloré sorti d'un conte des *Mille et Une Nuits* ou d'un dessin animé de Walt Disney. Le marché était à l'avenant. De vieux marchands aux cheveux gris y côtoyaient de jeunes femmes voilées et des militaires moustachus en pantalon kaki et gros pull vert émeraude. Çà et là, un soldat de la Garde impériale, véritable colosse muni d'un harnachement blindé, déambulait en pleine rue avec, à l'épaule, un lance-roquettes bourré ras la gueule d'armes de destruction massive.

Khaled avait pris le temps de repérer ses ennemis. En tout, une bonne demi-douzaine de soldats postés aux points névralgiques de la place du marché. Et ce surhomme en combinaison blindée qui évoquait plutôt Terminator qu'un soldat irakien. C'était de loin l'adversaire le plus dangereux, celui qu'il convenait d'éliminer en premier pour pouvoir ensuite nettoyer la place. Khaled sauvegarda sa partie, afin de ne pas être contraint de recommencer au début si la fusillade tournait mal. Puis, de derrière le camion, il empoigna le Desert Eagle et, se penchant brusquement sur la droite, mit l'homme au lance-roquettes en joue et tira trois balles en succession rapide. Au plaisir d'avoir fait mouche succéda l'incompréhension puis un début de panique. Sans accuser l'impact des balles, l'homme épaula le lance-roquettes, fit quelques pas en direction de Khaled et tira. Il y eut une gerbe de flammes, la traînée rouge, de plus en plus grosse, d'un missile, et… l'écran devint noir. «**Vous avez perdu.**» Khaled grogna de mécontentement, appuya sur quelques touches d'un doigt vengeur pour revenir au point de sauvegarde. De nouveau planqué à l'abri du camion, il choisit cette fois-ci le fusil à lunette, l'épaula, visa sa cible. Au plus fort grossissement, tous les détails apparaissaient comme si l'homme s'était trouvé à deux pas de lui. Il put mieux détailler le blindage pare-balles qui protégeait le thorax et l'abdomen de l'homme, le faisant ressembler à un gigantesque insecte recouvert d'une carapace de chitine. Le meilleur moyen de le mettre hors d'état de nuire était probablement de tirer juste en dessous du blindage, à la naissance de la cuisse. Si cela n'était pas suffisant pour l'arrêter, lui loger une deuxième balle dans le genou… Khaled cligna de l'œil, retint sa respiration pour atténuer le tremblement du fusil à lunette. Il allait tirer quand une forme grise, voilée, vint obscurcir sa vision. Surpris, il recula, abaissant l'arme. Une ménagère irakienne, l'une de celles qui hantaient le marché, venait de se positionner dans son angle de tir, masquant sa cible. Il jura, se remit en position, cherchant un angle, une ouverture… Rien à faire. Seule une partie du thorax de l'homme était encore visible derrière la femme, une partie recouverte par le blindage… Des bruits sur la gauche achevèrent de le déconcentrer. Une patrouille de gardes irakiens faisait lentement le tour du marché. D'un moment à l'autre, ils risquaient de le repérer, de donner l'alerte ou, pire, de lui loger une balle dans la nuque avant qu'il ait même réalisé qu'il avait été découvert.

– Tue-la.

Surpris par l'injonction de Samir, dont il avait oublié jusqu'à l'existence, Khaled hésita. L'ordre l'avait cueilli à un moment d'extrême vulnérabilité, née de la fatigue, de la tension nerveuse et de la peur suscitée par le bruit des voix qui se rapprochait. Son doigt effleura la touche gauche de la souris…

– Mais il n'y a aucune raison de…

– Tue-la, répéta Samir.

Khaled épaula l'arme à nouveau, non pas dans l'intention de tuer mais pour gagner du temps. Avec un peu de chance, la femme allait bouger, dégager la cible…

– Tue-la, je te dis.

– Non. Pas question.

La voix de Khaled tremblait, mais il retrouva une partie de son self-control. Il n'allait pas tirer sur une femme désarmée, pas comme ça… Une balle perdue, passe encore, mais ça…

– Fais ce qu'il dit.

La main crispée sur la souris, Khaled fit légèrement pivoter son siège et aperçut Anissa. C'était elle qui venait de parler. Elle était debout contre le mur, faiblement éclairée par la lumière du couloir à travers la porte entrebâillée. Depuis combien de temps était-elle là ? Qu'avait-elle vu ? Un instant, il ressentit la gêne d'avoir été observé sans le savoir tandis qu'il se livrait à son plaisir favori. Samir ne comptait pas, c'était un homme. Mais il n'appréciait pas que sa tuerie virtuelle ait été espionnée par sa cousine.

– Qu'est-ce que tu racontes? demanda Khaled. Pourquoi veux-tu que je tire sur cette femme?

– Parce que c'est le seul moyen de poursuivre le jeu, apparemment, sans prendre de risque.

– Au contraire, répondit Khaled, cherchant à comprendre où voulait en venir sa cousine. Si je tire sur une passante…

– Tue-la! ordonna Anissa.

Elle ne lui avait jamais parlé sur ce ton. Jamais même elle n'avait élevé la voix, dans la maison ou au lycée, depuis qu'il la connaissait. Était-ce la surprise, ou le désir pervers de lui montrer, comme à un enfant capricieux, les conséquences de ses actes? Il se retourna vers l'écran, mit la femme en joue, tira. La balle la frappa en pleine tête. Elle recula sous l'impact, ses bras se dressèrent… Il s'attendait à être renvoyé sur un écran noir de fin. Mais le jeu se poursuivit. Derrière la femme, dans son angle de tir, l'homme au lance-roquettes, interdit, hésitait… Khaled l'aligna, lui logea une première balle dans la cuisse puis, comme il se baissait, deux autres. L'homme s'effondra. Aussitôt, des tirs fusèrent tout autour de la place du marché. Khaled, instinctivement, jeta le fusil à lunette pour se saisir de la mitraillette SMG. Il tira une longue rafale, arrosant un groupe de gardes irakiens. Une balle perdue vint frapper un baril de pétrole posé en pleine rue contre un mur. Avec un grand souffle, le baril explosa, enflammant les échoppes, le camion. Des hommes et des femmes couraient en tous sens, fauchés par les balles ou les éclats de métal. Lorsque plus un seul ennemi ne resta debout, Khaled rechargea, à l'ombre d'un palmier.

– Continue, dit Samir. Tu dois pouvoir trouver la clé qui te manquait pour passer au niveau supérieur.

Khaled obtempéra, et dénicha effectivement la clé sur le cadavre de l'homme au lance-roquettes. Il fit en sens inverse le chemin du début, grimpa sur les toits, sauta sur une corniche, et se retrouva devant la porte métallique.

L'image s'effaça alors pour laisser place à un écran noir.

« **Mission accomplie. Bravo, John Mullins.** »

Suivit un second écran détaillant les performances de Khaled.

« **Ennemis abattus : 18 (440)**
Alliés abattus : 2 (4)
Tirs à la gorge : 2 (18)
Tirs à la tête : 4 (36)
Tirs dans les parties basses : 2 (25)
Désintégrations : 0
Nombre d'enregistrements : 2
Durée de jeu : 0:58:35 (2:48:38 s)
Argent gagné : 45 935 (358 995) »

– Très intéressant… lâcha Samir en étudiant les résultats.

– Comment ça, très intéressant ? C'est un jeu, pas un devoir de mathématiques. Je me fous des statistiques…

Samir eut un sourire étrange. Pour la première fois depuis qu'il s'était assis, trois heures auparavant, afin de regarder Khaled jouer, il se laissa glisser sur le lit et vint pointer une ligne sur l'écran :

– Tu avais peur de tuer cette femme parce que tu craignais d'être éliminé du jeu, n'est-ce pas ?

Khaled ne répondit pas immédiatement. Samir n'avait pas tort. Il avait cru… il avait imaginé que, s'il abattait cette femme, le jeu le sanctionnerait, comme cela avait déjà été le cas lors de l'épisode new-yorkais, quand il avait abattu par mégarde un otage. Mais, plus encore, quelque chose en lui avait rechigné à éliminer froidement un… un avatar. La représentation, même virtuelle, d'un être vivant. Il avait fallu l'injonction d'Anissa, ce désir inconscient de la punir de sa présence, pour qu'il passe outre et loge une balle dans la tête de cette femme.

– Oui. J'ai pensé que ça risquait de bloquer le jeu.

– Cela prouve que tu ne saisis pas bien le fonctionnement du programme, Khaled. Les choses sont pourtant assez simples…

Khaled haussa les épaules, ne voyant pas où voulait en venir son cousin.

– Tu ne comprends vraiment pas ? Retourne au début, reprends la partie au premier niveau, à New York…

– Attends, je n'ai pas besoin de leçon. Et puis ça fait trois heures maintenant, je suis un peu crevé…

– Tu permets ? demanda Samir en posant une main sur le dossier du siège pivotant.

– Vas-y…

Khaled céda sa place. Samir s'assit, saisit la souris, pianota sur le clavier. À la connaissance de Khaled, il n'avait jamais joué. Mais, doué probablement d'un sens de l'observation très poussé, il ne lui fallut que quelques secondes pour lancer une nouvelle partie.

Relégué au rôle d'observateur, Khaled étudia le visage et les mimiques de Samir. Son cousin s'était un peu tassé sur lui-même, avait rentré les épaules comme pour parer un coup, et froncé les sourcils. Khaled faillit faire un commentaire, puis se retint. Lui aussi, probablement, ressemblait à cette caricature de guerrier en chambre lorsqu'il prenait place devant l'écran. Un rapide coup d'œil sur la droite lui révéla qu'Anissa suivait toujours le jeu avec attention.

Samir progressait très lentement. Chacun de ses gestes semblait mûrement réfléchi. Il avait apparemment mémorisé l'emplacement de la plupart des terroristes, et il lui fallait rarement plus de deux ou trois balles pour les mettre hors d'état de nuire. Une seule fois son armure avait été entamée par une balle, et son niveau de vie était toujours intact. Il contourna un angle de mur, sauta pardessus une machine à café renversée. Au fond des toilettes du métro, deux types patibulaires, le torse nu couvert de tatouages et le crâne rasé, tenaient en joue un otage, un Noir d'une cinquantaine d'années, en costume de ville, qu'ils avaient forcé à s'agenouiller. Samir profita de l'effet de surprise pour loger une balle de Desert Eagle dans la tête du premier. Il courut droit vers le second, essuyant une rafale de mitraillette, et lui tira deux balles à bout portant dans le ventre. L'homme s'effondra en arrière. Un moment encore, ses bras s'agitèrent, puis une grande tache rouge sombre apparut sur le sol tout autour de lui.

Samir se redressa légèrement, soupira, et se retourna vers l'otage. L'homme, toujours à genoux, balançait ses bras au-dessus de sa tête en signe de terreur et de soumission. Samir s'approcha de lui, jeta un bref regard à Khaled, comme pour le prendre à témoin, et, sans même revenir à l'écran, appuya sur la détente. La balle du Desert Eagle frappa l'otage en pleine face. Il s'effondra sur lui-même dans une gerbe de sang, et l'écran de fin de niveau apparut:

«Échec de la mission. Trop de pertes alliées.»

– Tu as compris, maintenant? demanda Samir. La leçon est-elle assez claire?

– Je ne vois pas ce que tu veux prouver. Que tu n'as pas hésité à le tuer de sang-froid? Qu'est-ce que tu veux que ça me fasse... objecta Khaled, mal à l'aise.

– Non, intervint Anissa. Ce n'est pas ça, la leçon. Ne me dis pas que tu n'as pas compris...

– Mais compris quoi?

– Si tu abats un otage, délibérément ou par erreur, dans le métro new-yorkais, la partie est perdue. Les objectifs n'ont pas été atteints, comme dit le jeu. Si tu abats une passante, délibérément ou par erreur, dans les ruelles grotesques de cette Bagdad de pacotille, le jeu se poursuit. La leçon est tellement évidente, on te l'a répétée tant de fois à la télévision, cela te paraît si naturel, que tu n'arrives même pas à la formuler...

– Quoi? Il ne faut pas tuer un otage, c'est ça?

– Non, coupa Samir. Ce n'est pas ça, la leçon. C'est beaucoup plus simple: «La vie d'un Arabe ne compte pas.»

Khaled ouvrit la bouche pour répondre, resta muet.

– Seules les vies américaines comptent, renchérit Anissa. Se tournant vers elle, Khaled revit, en surimpression, le visage de la ménagère irakienne, en cet ultime instant de surprise avant que la balle fracasse sa tempe et qu'elle s'effondre en travers de l'étal du marché.

– Éric, c'est toi?

Éric n'avait pas encore fermé la porte de l'appartement que la voix de sa mère retentit.

Il marmonna une réponse, déposa sa veste en jean sur le meuble de l'entrée, jeta un œil au courrier. Des piles de factures diverses, des prospectus publicitaires. Rien de bien excitant. Pas de lettre de Gilles. Il les reconnaissait à leurs timbres. Des timbres étonnants, venus de pays dont il n'entendait le nom qu'au journal télévisé, et qu'il aurait eu du mal à placer sur un planisphère. Des pays qui formaient dans son imagination une cartographie insolite, celle de la mort et du sang. Là où des hommes s'entre-tuaient, Gilles avait trouvé sa place. Il avait quitté l'armée avec une décharge pour problème psychiatrique et avait végété quelque temps, puis s'était engagé dans une agence de presse, après avoir exposé quelques-uns des clichés pris pendant son séjour en Bosnie. Depuis, régulièrement, ses photos apparaissaient en première page des quotidiens, étaient parfois primées lors de festivals. Il avait quitté l'appartement depuis trois ans, s'était installé à Paris avec Elena. Elle avait abandonné les études, trouvé dans un premier temps un job dans un magasin de haute couture. Remarquée par un confrère de Gilles, elle avait été choisie pour une série de pubs d'une chaîne de fringues chics et pas chères, et était devenue mannequin. Parfois, au détour d'une rue, ou dans le bus qui l'amenait au lycée, Éric se retrouvait confronté à Elena. Une Elena gigantesque, en quatre mètres sur trois, placardée à des dizaines d'exemplaires sur les murs de la ville. C'était une torture, et c'était en même temps merveilleux. Comme l'était le souvenir de la seule fois où il l'avait tenue dans ses bras et embrassée. Elle lui avait rendu son baiser puis, comme ils se séparaient, elle avait murmuré :

– Tu es tellement mignon.

Il n'oublierait jamais cet instant, la douleur qu'il avait ressentie. Elle l'avait crucifié par ces quelques mots, au plus inoubliable moment de sa vie. Il avait lu alors dans les yeux d'Elena toute la tendresse qu'elle avait pour lui, la tendresse d'une femme pour un chiot, ou un petit enfant.

– C'est toi, Éric ? Elena a appelé…

Il resta un moment interdit, puis parcourut le long couloir qui menait à la chambre de sa mère.

Elle s'était levée aujourd'hui, s'était habillée avant de se recoucher sur son lit. C'était un progrès.

Il se pencha, l'embrassa. Quelque chose avait changé, mais il ne put discerner ce que c'était.

– Elena a appelé. Tu devais te rendre à Paris après-demain, je crois, voir ton frère…

– On était censés aller au cinéma et dîner ensemble…

– C'est justement à cause de ça. Ton frère a eu une commande urgente. Il est parti en Allemagne, je crois, et Elena dit qu'il ne sera pas rentré avant plusieurs jours…

Éric ne répondit pas, se contentant d'enregistrer l'information. Gilles n'était pas parti en Allemagne. Gilles n'avait aucune raison d'aller en Allemagne, à moins que pendant la nuit une insurrection armée n'eût éclaté quelque part sur le territoire germanique. Non, Gilles avait dû repartir en zone de combat. Il y avait longtemps que Gilles et Éric, avec la complicité d'Elena, avaient mis au point ce petit code pour éviter d'inquiéter leur mère.

Éric s'assura qu'elle allait bien, remarqua avec soulagement que, pour une fois, la télévision n'était pas allumée, puis il s'enferma dans sa chambre. Gilles était absent. Probablement retourné en Tchétchénie, ou dans un quelconque de ces trous du cul du monde où, à l'abri du regard des médias, des hommes massacraient d'autres hommes.

Éric jeta sa veste sur le lit, cherchant surtout à ne pas réfléchir, à ne pas confronter les pensées ambiguës, voire franchement sordides, qui se bousculaient dans sa tête. Il pianota le numéro de l'appartement de son frère sur son portable, serra les dents... Elena décrocha à la quatrième sonnerie :

– Allô, bonjour ?

Éric ressentit un poids écrasant sur sa poitrine, comme chaque fois qu'il entendait sa voix :

– Bonjour, c'est Éric. Tu as appelé...

– Oui. Ta mère ne t'a pas dit ? Gilles est parti... En Allemagne, tu vois... Alors, pour après-demain, je me demandais si tu préférais remettre à une autre fois ou...

Elle avait laissé la proposition en suspens. Il parla sans réfléchir :

– Je ne voudrais pas te déranger. Mais de toute façon je devais aller sur Paris...

– Eh bien, viens ! Moi je ne bouge pas vendredi. J'ai une séance bookée pour demain, mais après je n'aurai rien à faire sauf regarder la télé et me morfondre en attendant le retour du guerrier !

Elle avait dit cela en plaisantant, mais il y avait dans sa voix quelque chose de mal assuré qui troubla Éric.

– Bon, d'accord. Je passe vers treize heures...

Ils échangèrent encore quelques mots, puis il raccrocha et demeura debout à côté de son lit, cherchant à faire le vide dans sa tête.

La nuit tombait tard en ce soir de juin. Thierry était resté un long moment à table avec ses parents, discutant des vacances à venir. M. et Mme de Boisdeffre avaient prévu de descendre début juillet dans leur résidence secondaire, une grande maison de famille en Dordogne. Thierry devait les y rejoindre en milieu de mois, à moins qu'il trouve un travail temporaire entre-temps.

– Vous savez bien que cela n'est pas indispensable, répéta sa mère. Votre père et moi...

Elle avait jeté un regard à son mari qui acquiesça.

– Votre père et moi sommes très satisfaits de vos résultats cette année. Nous ne pouvions espérer mieux. Cela mérite certainement... Enfin, vous n'avez pas besoin d'aller encore trimer pendant les vacances...

– J'ai postulé à l'hôpital.

– À l'hôpital? Pour quoi faire?

– Avant de choisir ou non de faire des études de médecine, j'aimerais passer quelques semaines dans un hôpital.

– C'est assez inattendu... Mais enfin c'est vous qui voyez. À quel emploi avez-vous postulé?

– Un poste de brancardier... aux urgences.

– Brancardier? intervint son père. Ce n'est pas un peu... enfin, ce n'est pas un peu trop physique?

– Je n'ai plus douze ans...

– Ce n'est pas ce que votre père voulait dire, coupa la mère de Thierry. C'est juste... Enfin vous comprenez certainement... Ce n'est pas en faisant le brancardier que vous pourrez déterminer si vous avez ou non la fibre médicale...

– J'ai bien essayé de demander un autre job, mais le poste de neurochirurgien était pris par un collégien de quatrième qui voulait se faire un peu d'argent de poche cet été.

Jocelyne de Boisdeffre regarda son fils avec un air de compassion agacée :

– Je suppose que c'est ce que vous considérez être de l'humour. J'imagine que vous apprenez ce genre de chose avec vos camarades de lycée ? Dieu sait que j'ai insisté auprès de votre père pour que nous vous trouvions un autre établissement…

– On ne va pas revenir là-dessus, coupa le père de Thierry. S'il veut ramasser des alcooliques et véhiculer des Maghrébins mal lavés…

Thierry repoussa sa chaise, jeta sa serviette dans son assiette.

– Je suis fatigué d'entendre…

– Oh ! Ne montez pas sur vos grands chevaux ! trancha sa mère. Vous savez très bien ce que votre père a voulu dire ! Ne venez pas nous sortir votre couplet antiraciste, par pitié. Vous savez très bien que votre père et moi sommes parfaitement tolérants ! Simplement, nous ne sommes pas aveuglés comme vous l'êtes par le matraquage des médias sur les vertus de… du métissage, et tout ça…

– Tout ça quoi ?

– Vous savez très bien ce à quoi je fais allusion.

– Non, vraiment pas.

Jocelyne de Boisdeffre soupira :

– Je ne veux pas revenir à cette discussion une fois encore avec vous. Nous avons des positions divergentes, c'est tout. Et ne restez pas là planté, raide comme la justice, vous avez l'air ridicule…

Thierry se rassit :

– Par quoi serais-je aveuglé, exactement ?

– Par vos fréquentations, mon fils ! assena Jocelyne de Boisdeffre. Par vos fréquentations.

Le cœur de Thierry bondit dans sa poitrine. L'image d'Anissa, debout face au miroir de la salle de bains dans l'appartement des parents de Khaled, lui revint en mémoire.

– Qu'ont-elles de si particulier, mes fréquentations ?

– Vous le savez très bien. Nous n'aurions jamais dû avoir cette conversation, dit-elle en se levant pour desservir. Ça finit toujours en dispute, et ça n'en vaut pas la peine.

Thierry posa doucement la main sur le poignet de sa mère :

– Je crois que ça en vaut la peine, justement. Qu'est-ce qui vous choque dans mes fréquentations ? Mon amitié avec Khaled ?

Jocelyne de Boisdeffre chercha appui dans le regard de son mari.

– Ce n'est pas un problème de racisme, martela celui-ci. C'est juste... Ces gens sont différents, c'est tout. Eux, c'est eux. Nous, c'est nous. Que vous le côtoyez au lycée, je n'y vois pas d'inconvénients. Mais que vous le fréquentiez chez lui, ou que vous l'ameniez ici...

– Ici ? Mais je n'ai jamais amené Khaled ici ! J'aurais trop honte ! Trop honte des regards que vous pourriez lui lancer...

– Cela suffit, cria sa mère. Nous savons nous tenir, mon fils. Il ne nous viendrait pas à l'idée de faire une remarque déplacée à un invité, fût-il...

– Fût-il maghrébin, c'est ça ?

– Cette conversation a assez duré, grogna le père de Thierry.

– Fût-il maghrébin, et mal lavé...

– Assez !

Sans plus dire un mot, Thierry alla s'enfermer dans sa chambre.

– Farida? C'est Gérard. Gérard Dantec...

La mère de Khaled appuya sur l'interphone pour ouvrir la porte vitrée du rez-de-chaussée, et posa le front contre le mur. Elle fit une prière muette, se reprit, et ouvrit la porte du palier.

L'ascenseur était toujours en panne. Elle se força à rester calme, tâchant de faire le vide en elle. Dantec était l'un des collègues de Monssef Boudjedrah. Il n'était jamais venu à la maison, elle ne lui avait même jamais parlé au téléphone. Elle ne connaissait son nom que par l'intermédiaire de son mari. Gérard était inspecteur et travaillait avec Monssef depuis quatre ans.

Elle entendit enfin les pas de l'homme à l'étage sous-jacent. Il avait dû monter très rapidement et semblait essoufflé. Dans un moment de terrible lucidité, elle sut ce qu'il allait lui dire, et songea au grotesque de la situation: Dantec allait lui apprendre la mort de son mari en soufflant comme un bœuf, avant de s'écrouler à son tour.

Il apparut sur le palier, et elle se prépara au pire.

– Je suis désolé... désolé d'arriver comme ça à l'improviste...

– Ce n'est pas grave, dit-elle, qu'y a-t-il?

– Vous savez que Monssef est en stage à Lille?

– Oui, bien sûr. Il devait rentrer demain soir. Qu'y a-t-il?

Elle réalisa, trop tard, qu'elle avait utilisé l'imparfait.

– Rien de grave. Enfin, rien de trop grave. Mais je ne voulais pas que vous l'appreniez par téléphone. Monssef a eu un malaise. Un malaise cardiaque. On l'a aussitôt transféré en Samu à l'hôpital cardiologique de Lille. Sa situation est stable, mais j'ai préféré venir vous prévenir plutôt que de vous apprendre ça par téléphone, je suis désolé…

Elle avait blêmi, cherchait à se reprendre.

– Je peux l'appeler ? Je vais l'appeler sur son portable…

– Non, justement. Dans la panique, les collègues ont perdu son téléphone, c'est pourquoi ils ont préféré nous joindre au commissariat, et comme ce n'est pas loin, je suis venu…

Elle recula dans l'appartement, laissant la porte ouverte pour lui permettre d'entrer.

– Vous êtes seule ?

– Oui. Mon fils est au lycée, il faut que je le prévienne. Ensuite je prends le premier train pour Lille…

Elle s'était retournée vers la petite table du téléphone, cherchait sans le trouver l'annuaire.

– Je ne suis pas certain que ce soit nécessaire, dit l'homme.

Farida ne remarqua pas immédiatement que sa voix avait changé, qu'il avait un ton bizarre, fébrile. La porte d'entrée claqua derrière elle, et puis elle ne vit plus rien.

Thierry entendit les pneus de la Rover de sa mère crisser sur le gravier de l'allée. Il referma le manuel de physique, se leva de son fauteuil pivotant et jeta un œil au jardin, juste à temps pour voir disparaître l'arrière de la voiture. Il soupira, quitta sa chambre et descendit à la cuisine. Depuis le matin, il avait évité tout contact avec ses parents, ne sortant de sa chambre qu'en coup de vent pour aller aux toilettes à un moment où il les entendait discuter sur le perron. Il savait que la brouille ne durerait pas. Il savait, à vrai dire, que ce soir, à leur retour, ils feraient comme si rien n'était arrivé la veille. Son père, de retour du squash, ne songerait qu'à prendre une douche et à profiter du jardin. Sa mère, de retour de sa journée de courses à Paris avec Nathalie, sa meilleure amie, aurait soigné sa frustration à grands coups de carte de crédit. Et lui-même, que dirait-il? Rien, comme d'habitude. Toute résistance était futile.

Il se servit un grand verre de jus d'ananas, consulta le minuteur de la cuisinière. Onze heures trente. Son premier cours était à treize heures quinze. Il avait juste le temps. Il ouvrit la porte de communication du garage, alluma le plafonnier, contourna les casiers de linge et l'armoire à vin. Une montagne de cartons méticuleusement étiquetés lui faisait face.

Il les déplaça un à un, découvrit une cantine militaire cabossée qui avait appartenu à son grand-père. Il fit jouer les loquets métalliques, se mordit les lèvres. Puis, après une hésitation, il souleva le couvercle.

La malle était pleine de vieux magazines, soigneusement rangés. Il s'agenouilla, plongea la main le long de la paroi de métal, cherchant à atteindre le fond de la caisse. Puis se releva, parcourut le garage de long en large. Il avait dû se tromper, ce n'était pas possible. Il devait y avoir une autre malle… Il savait bien que ce n'etait pas vrai, mais n'osait comprendre. Il inspecta toutes les étagères, ouvrit quelques-uns des cartons, bien que leur faible poids rendît tout espoir incongru. Quand il fut persuadé de ne pas trouver ce qu'il cherchait, il referma la cantine métallique, empila les cartons pardessus, puis retourna à la cuisine. Il était midi trente passé. Il venait de perdre une heure à fouiller le garage, sans succès. Il était en sueur. Il avait à peine le temps de se changer.

Il monta les escaliers quatre à quatre, jeta ses vêtements en boule dans le panier à linge de la salle de bains, se glissa dans la douche. Il ouvrit le robinet à fond, sans se soucier de la température de l'eau, se savonna vigoureusement, se rinça. Empoignant une serviette au hasard, il marcha jusqu'à sa chambre et, tout en se séchant les cheveux, alluma son portable et composa un numéro.

– Oui ?

La voix de sa mère était enjouée, comme si rien ne s'était passé la veille. D'ailleurs, s'était-il passé quelque chose ?

– Thierry ? Vous vouliez me demander quelque chose ? Faites vite, je suis en voiture.

Il lui avait dit mille fois de ne pas répondre en conduisant, mais ne fit aucun commentaire. Ce n'était pas le moment.

– Mère, la cantine de Grand-père ?

– La cantine de Grand-père de Jonzac ou de Grand-père de Boisdeffre ?

– La cantine de Grand-père de Boisdeffre, mère. La cantine militaire…

– Oui…

– Où sont les affaires que j'avais rangées à l'intérieur ?

– Je n'en sais rien. Pourquoi me demandez-vous cela maintenant ? Ça peut attendre ce soir, non ?

– Non, c'est urgent. Je l'ai ouverte, il n'y a rien dedans, que des vieux *Spectacle du Monde* et *Valeurs actuelles* qui datent des années quatre-vingt…

– Ce sont les magazines de votre père…

– Je sais. Mais où est l'ordinateur?

– L'ordinateur? Mais vous en avez un dans votre chambre...

Même au téléphone, il sut à son ton faussement enjoué qu'elle réalisait avoir fait une connerie.

– Je ne parle pas de celui-là. Je parle du vieil ordinateur, de mon vieux PC...

– Oh, mais ça mon chéri nous nous en sommes débarrassés... il y a six mois à peu près. Votre père voulait faire du rangement et vous nous aviez dit vous-même que ça ne valait plus un clou...

– Plus un clou...

– C'était votre expression même. Je vous laisse, je ne devrais pas téléphoner en conduisant. À ce soir.

Il voulut ajouter quelque chose, mais elle avait déjà raccroché.

La clé de l'appartement lui échappa, tomba sur le palier. Khaled se baissa, la ramassa d'une main tremblante. Il se redressa, s'appuya contre la porte, saisi d'un bref vertige.

Il glissa la clé dans la serrure. La porte de la voisine de palier s'ouvrit derrière lui.

– Oh, Khaled! J'ai guetté toute la journée! Comment va ta maman?

Il se retourna, bredouilla quelques mots. Toute la journée lui revenait en mémoire, depuis ce moment où Sarah, la conseillère d'éducation, était venue le chercher dans la classe en plein milieu d'un cours de français. Le choc de la nouvelle, le trajet en taxi avec Sarah jusqu'à l'hôpital, les urgences, bondées, et enfin le pâle sourire de sa mère, dont la tête était revêtue d'un bandage ensanglanté. Comme cette image revenait à son esprit, il serra les mâchoires pour ne pas pleurer.

– Tu as des nouvelles? Tu as vu ton père?

– Oui. Il est rentré de Lille dans l'après-midi. Il est auprès d'elle…

– Et comment va-t-elle?

Mme Choteau, la voisine, ne leur adressait jamais la parole. C'était la première fois qu'elle lui parlait. Elle semblait bouleversée. Il réalisa qu'elle connaissait son prénom, alors qu'il ne connaissait pas le sien.

– Elle va… bien. Enfin elle est consciente. Elle parle. Les médecins disent qu'elle devrait sortir dans un ou deux jours. Elle a eu un traumatisme crânien, mais elle n'a pas perdu trop de sang… Ils disent qu'elle se remettra…

– Oh… Dieu soit loué… Quand je pense… Écoute, si je ne m'étais pas aperçu que j'avais oublié d'acheter du lait… C'est vraiment une chance, enfin si on veut… J'ai mis mon manteau, je suis sortie sur le palier, sans allumer, j'ai juste fait deux trois pas pour appeler l'ascenseur… Et puis au dernier moment je me suis souvenu qu'il était encore en panne. Neuf étages pour un litre de lait… Je me suis dit, laisse tomber, Aurélia! Je m'apprêtais à faire demi-tour quand j'ai vu le rayon de lumière qui filtrait de chez vous, dans l'entrebâillement de la porte… J'ai hésité, j'ai fait quelques pas… et j'ai entendu un son, très faible, qui m'a glacée. Ta maman, qui geignait… Oh, mon Dieu, dans le noir, ça m'a flanqué une de ces frousses. J'ai allumé, j'avais le cœur qui battait, j'ai cherché une arme dans ma poche, je n'avais que mes clés, tu imagines, une dame de soixante-dix-sept ans avec un trousseau de clés… J'ai poussé la porte… Oh mon Dieu, la frayeur que j'ai eue… Elle était là, dans le couloir, avec le téléphone par terre à côté d'elle. J'ai d'abord cru qu'elle avait eu un malaise, et puis j'ai bien senti qu'il s'était passé autre chose, que ce n'était pas normal. J'ai appelé les pompiers, puis j'ai allongé ta maman. Elle était toute grise, elle murmurait des choses incompréhensibles, elle disait qu'il fallait qu'elle aille à l'hôpital, que ton père avait besoin d'elle. Je n'ai rien compris… Les pompiers l'ont emmenée, ensuite la police est venue… Mais je n'ai pas vu ton père…

– Il ne devrait pas tarder. D'après ce qu'a dit ma mère… l'homme qui l'a agressée s'est fait passer pour un collègue de mon père. Il lui a menti, il lui a dit que mon père avait eu un malaise, tout ça pour gagner sa confiance et pénétrer dans l'appartement. Et ensuite il l'a assommée… mais apparemment il n'a rien pris, rien volé…

– Mais qui ferait une chose pareille ? Et à la femme d'un inspecteur de police, encore ? On n'a jamais vu ça…

– À la femme d'un inspecteur de police arabe, madame… grimaça Khaled.

Ils se regardèrent un moment sans rien dire, puis Aurélia Choteau hocha la tête.

– Tu as peut-être raison. Eh bien, pardonne-moi, mais on vit dans un monde bien dégueulasse…

Elle fit quelques pas en arrière pour rentrer chez elle, puis se ravisa :

– Si toi ou ton père… enfin, si vous avez besoin de quoi que ce soit, je suis là…

– Merci, madame…

– Tu peux m'appeler Aurélia. Et il n'y a pas de quoi. Tu n'as pas besoin de me remercier. Entre voisins, on doit s'entraider.

Elle referma sa porte, doucement. Khaled se retourna, poussa celle de son appartement, s'attendant au pire. En fait, c'était comme si rien ne s'était passé. Un ou deux bibelots près du téléphone avaient été déplacés, quelques-uns des magazines de l'entrée avaient glissé sous le buffet quand sa mère était tombée, mais il n'y avait pas grand-chose d'autre, à part une petite trace de sang sur le sol, au coin du mur. Il posa sa veste sur une patère, pénétra silencieusement dans la salle à manger. Tout était en place. Le voleur, si c'était un voleur, n'avait rien dérangé. Il poussa la porte de la chambre de ses parents, constata que tout était en ordre. Idem dans les autres pièces. Dans le salon, le lecteur de DVD, le Caméscope, rien ne manquait. Il poussa la porte de sa chambre, s'assit à son bureau, posa la tête dans ses bras et laissa venir les larmes.

– Tu as des nouvelles de Khaled? demanda Thierry.

– Non. Il faudrait qu'on l'appelle, suggéra Éric en désentortillant le câble du téléphone de sa chambre. Mais avec le devoir sur table de maths, ça m'est complètement sorti de l'esprit. Tu crois que c'était grave?

– Je ne sais pas. Pour que la CPE vienne le chercher en classe... Mais ce n'est pas pour ça que je t'appelais. Je voulais te demander un truc... Ton ordinateur... Pas le nouveau, l'ancien...

– L'ancien?

– Tu sais... l'ancien... Celui... sur lequel nous avions installé...

Éric se figea sur sa chaise. Thierry poursuivait:

– Celui sur lequel nous avons joué, quoi...

– Accouche...

– Est-ce que tu l'as toujours?

– Je l'ai mis à la cave, coupa sèchement Éric. Pourquoi ?

– Parce que moi… enfin le mien… je ne l'ai plus. Mes parents s'en sont débarrassé. Pendant les dernières vacances, mon père a fait du rangement dans le garage et il l'a balancé.

– Bien. Et alors ? Qu'est-ce que tu en aurais tiré aujourd'hui ? Au train où évoluent les processeurs et les cartes graphiques, ça ne vaut plus un clou…

– Ce n'est pas une question d'argent. C'est juste que… si on cherchait à retrouver Andreas… il nous faudrait un de nos PC de l'époque, ou la disquette.

– C'est Andreas qui l'a eue en dernier. Moi je l'avais installée sur le PC de mon frère, qui a crashé avant de se remettre en route. Ensuite je te l'avais filée pour voir si elle n'était pas virusée, et tu l'as installée sur ton PC. Et finalement c'est Andreas qui te l'a piquée et qui l'a prise chez lui… Je ne l'ai pas.

– Et le PC de ton frère ?

– Je l'ai remisé à la cave, il y a bien deux ans, quand j'ai acheté le mien.

– Bon, c'est bien. Espérons qu'il marche encore.

– Je n'en sais rien.

– C'est notre seul moyen de retourner dans le Jeu, si jamais c'était nécessaire…

– Tu n'abandonnes jamais, hein ?

– Je ne suis pas tranquille. Je n'arrête pas d'y penser. Pas toi ?

Éric soupira :

– J'essaie de penser à autre chose. Mais avec toi, c'est un peu difficile.

Ils rirent tous deux, d'un rire sans joie.

Khaled entendit la porte d'entrée se refermer. Il s'essuya le visage, passa la main dans ses cheveux et marcha jusqu'à la salle à manger. Un rapide coup d'œil à la pendule murale. Il était vingt et une heures. Monssef Boudjedrah avait posé son sac de voyage sur la table, et il dénouait sa cravate, comme chaque soir au retour du commissariat. Khaled baissa les yeux pour ne pas fixer le visage de son père. Il semblait avoir vieilli de dix ans en l'espace d'une journée.

– Tu t'es fait à manger ? demanda celui-ci d'une voix absente.

– Non, non, je t'ai attendu.

– Ce n'est pas la peine. Je n'ai pas faim.

– Moi non plus.

Monssef Boudjedrah balaya la pièce du regard :

– Tu as… tu as vérifié toutes les pièces ?

– Oui, tout est en place.

– Je ne comprends pas, murmura son père. Je ne comprends pas qui…

– Un voleur, peut-être, qui aurait été surpris par l'arrivée de la voisine…

– Madame Choteau ? Non, j'ai parlé aux policiers qui l'ont interrogée. Elle n'est sortie de chez elle qu'en milieu d'après-midi, alors que, d'après ta mère, l'agression a eu lieu vers onze heures. Ce… cet homme a eu tout le temps de…

Monssef Boudjedrah ne termina pas sa phrase.

– Il s'est fait passer pour un de tes collègues, si j'ai bien compris ?

– Oui, il s'est fait passer pour Gérard. Je ne comprends pas… Ce n'est pas juste une histoire de vol, il y a autre chose. Il connaissait le nom de Gérard, il savait que ta mère ne l'avait jamais vu, il savait que j'étais en formation à Lille… Ça me dépasse complètement… Et je ne vois pas le mobile…

– Tu es policier. Tu arrêtes des gens. Ils vont en taule. Est-ce qu'un caïd quelconque n'a pas cherché à se venger?

– Il faudrait qu'il soit fou. Et puis… prendre tous ces risques… juste pour assommer ta mère? Sans laisser aucune trace, rien? Non, ça ne tient pas debout. Je ne vois pas de…

Le visage de Monssef Boudjedrah était gris. Khaled le vit devenir livide.

– Qu'est-ce qu'il y a?

L'inspecteur ne répondit pas. Il pénétra dans le salon, ouvrit un des tiroirs de son secrétaire. Il y eut un long silence. Monssef Boudjedrah referma le tiroir, l'ouvrit à nouveau, comme s'il tentait de nier ce qu'il venait de voir, comme s'il se donnait une seconde chance…

Le cœur de Khaled battait à tout rompre. Surpris par les événements de la journée et le retour inopiné de son père, il n'avait pas eu le temps de remettre le dossier d'Andreas Salaun à sa place. Et maintenant, son père allait croire…

Monssef Boudjedrah lâcha une bordée de jurons en arabe, referma violemment le tiroir.

– Quel salaud! Quel enfoiré de bâtard!

– Attends… je crois que je…

– Fous-moi la paix, d'accord? Fous-moi la paix! J'ai besoin de réfléchir!

Khaled recula, retourna à sa chambre. Comment expliquer à son père qu'il avait «emprunté» le dossier Andreas Salaun? Il n'était plus possible de le glisser dans le tiroir en douce. Le mieux était probablement d'avouer tout, tout de suite. Qu'Éric et Thierry lui avaient parlé de cette affaire, que cela avait aiguisé sa curiosité, qu'il avait remarqué que son père, contrairement à ses habitudes, avait rapporté ce dossier à son domicile... Il en serait quitte pour une bonne engueulade, mais cela valait mieux que de laisser...

Il s'était agenouillé, avait glissé la main sous son lit. Elle ne rencontra que du vide. Il posa le visage contre le sol. Le dossier avait disparu.

Éric consulta sa montre. Il n'était pas encore midi. Il avait une bonne heure d'avance sur son rendez-vous. Il poussa le portillon métallique du métro aérien et fit quelques pas sur le terre-plein central tapissé de la chiure des pigeons nichés dans les poutrelles au-dessus de sa tête. Une heure d'avance... Il ne pouvait pas décemment débarquer aussi tôt chez Elena... Il marcha au hasard pour se dégourdir les jambes, se laissant guider par les effluves d'un marché couvert situé à quelques pas. S'arrêta un moment devant l'étal d'une fleuriste. La femme, la cinquantaine épanouie, plaisantait avec une cliente. Par désœuvrement, Éric écouta leur conversation sur le beau temps, le risque d'une nouvelle canicule comme celle qui avait coûté la vie à un grand nombre de petits vieux dans le quartier l'année précédente... Il contempla les fleurs, les bouquets préparés, les prix affichés... et il hésita. Que penserait Elena s'il arrivait avec un bouquet de fleurs ? Trouverait-elle l'attention charmante ? Serait-elle gênée ? Et lui-même, pourquoi songeait-il à lui acheter des fleurs ? Parce qu'il était de bon ton de ne pas arriver chez son hôte les mains vides ? Ou parce qu'il désirait lui faire passer un tout autre message que celui, convenu et convenable, d'un savoir-vivre suranné dont il ignorait même les codes ?

La cliente s'éclipsa dans un éclat de rire, et Éric, du coin de l'œil, vit la marchande se diriger vers lui. Décide-toi, soit tu achètes quelque chose, soit tu te tires…

Il allait commander des jonquilles, sans bien savoir à quoi cela ressemblait mais parce qu'il imaginait que cela ne coûtait pas trop cher, et que c'était moins compromettant qu'un bouquet de roses rouges… quand la fleuriste, l'abandonnant à ses hésitations avec un sourire, se retourna vers un client qui se trouvait derrière lui dans la queue. Le visage de la femme changea, quelque chose de triste, de grave, passa dans son expression gouailleuse. Sans un mot, elle piocha dans un seau de métal une gerbe de roses blanches qu'elle égoutta soigneusement avant de les déposer sur sa table de travail. Tandis qu'elle s'affairait, déroulant un bon mètre de papier d'emballage transparent, coupant les queues, taillant les feuilles les plus basses, disposant des brins de fougère dans sa composition, Éric fit un pas de côté pour observer le bénéficiaire de tant de sollicitude. Un homme âgé, vêtu d'un complet-veston sombre qui avait connu des jours meilleurs, se tenait dans l'ombre de l'étal, son front dégarni protégé par un vieux borsalino noir. L'homme, mince, voûté par le poids des ans, scrutait le sol à ses pieds, apparemment perdu dans ses pensées. Puis, comme s'il avait ressenti le poids du regard d'Éric sur lui, il releva la tête. Éric, gêné de se trouver surpris, voulut détourner les yeux, mais quelque chose dans le regard de l'homme l'en dissuada. Il fit un signe de tête, en guise de salut, et l'homme le salua en retour, avant de fixer à nouveau les yeux au sol.

La fleuriste lui donna son bouquet, fit la monnaie du billet que l'homme lui avait tendu. Comme elle lui rendait quelques pièces, Éric vit qu'elle posait doucement une main sur l'épaule du vieil homme, un contact bref qui tenait de l'affection et du soutien à la fois. Le vieillard ne sembla pas y prêter attention, mais, saluant d'un signe de tête, s'éloigna un peu plus droit, un peu plus digne.

– Vous désirez quelque chose ?

La voix tentait de reprendre un peu de sa gouaille naturelle, avec difficulté.

– Des... des roses rouges. Une dizaine de roses rouges.

– En général, on offre des roses en nombre impair...

– Ah... Neuf, alors ?

– Neuf roses rouges, pas de problème. Vous savez ce que ça signifie ?

Éric ne répondit pas.

– Neuf roses rouges, c'est une déclaration d'amour, souligna la fleuriste avec un sourire complice.

– Ah... Et si je les prends blanches...

– Blanches, c'est plus neutre. Si vous voulez, vous pouvez marier les couleurs. Cinq roses rouges, et quatre roses roses... C'est moins fort, moins voyant... si vous ne savez pas trop comment ça va être reçu...

– C'est ça. Cinq rouges, quatre roses, c'est parfait.

D'un geste souple, la femme se saisit d'une gerbe de roses, les compta, façonna son bouquet.

– Il a ses habitudes ici, on dirait, le monsieur qui...

– Oui, on peut dire ça comme ça. Je l'ai toujours connu, depuis trente-deux ans que je fais le marché ici. On est jeudi, il est midi. C'est son heure.

– Il vient chercher un bouquet de roses blanches tous les jeudis à midi ?

– Depuis trente-deux ans, tous les jeudis. Sauf une fois il y a deux ans. Il a disparu deux mois, j'ai bien cru qu'il était mort. Il avait été hospitalisé, ça s'est bien passé, heureusement. À peine relâché par les médecins, il s'est repointé chez moi le jeudi suivant.

– C'est pas banal… C'est un bon client.

– Oui, dit la fleuriste sans un sourire. C'est un bon client, le pauvre.

Éric paya, prit son bouquet en main et s'éloigna. Midi et quart… Encore une bonne demi-heure… D'instinct, sans réfléchir, il marcha dans la direction qu'avait suivie le vieil homme.

Les voitures, quittant le pont de Bir-Hakeim, s'engouffraient rapidement dans la rue de Grenelle, cherchant à passer l'une devant l'autre pour franchir le goulot d'étranglement créé par les camions du marché. Le vieil homme s'était arrêté sur le bord du trottoir. Il ne semblait pas voir les voitures, paraissait totalement indifférent à leur passage. Éric pressa le pas, se retrouva derrière lui.

Le vieillard avait fixé son regard sur le bâtiment qui trônait de l'autre côté de la rue, une grande façade de béton et de verre. Au pied de l'immeuble, distantes de quelques dizaines de mètres, deux guérites aux vitres blindées abritaient des officiers en uniforme qui semblaient s'ennuyer ferme. « Ministère de l'Intérieur », lut Éric sur un panneau indicateur. C'était donc cela. L'homme venait porter des fleurs dans le bâtiment. Mais à qui ? Et pourquoi ?

Le flux des voitures s'était un peu ralenti. Le regard toujours fixé droit devant lui, le vieil homme se mit en marche, descendant du trottoir sur le pavé entre deux camionnettes de fruits et légumes. Éric le suivit, tendant instinctivement le bras en avant pour le retenir s'il se jetait dans le trafic trop rapidement.

Mais l'homme semblait avoir parfaitement calculé son trajet. Peut-être connaissait-il assez bien les lieux pour juger de l'approche des voitures en se référant seulement au son. Il ralentit pour laisser passer une Mercedes aux vitres teintées, puis traversa la rue sans un regard vers la droite, les yeux toujours fixés devant lui. Éric était resté sur la berge du terre-plein central, son bouquet de roses à la main. Il vit le vieil homme se diriger près d'une des guérites, là où se dressait, dans un petit carré d'herbe, un sapin entouré de quelques parterres de fleurs grasses. Le flot de voitures, momentanément stoppé au feu rouge à la sortie du pont, s'engouffrait à nouveau avec une rage mal contenue dans l'avenue. Sur le trottoir d'en face, le vieil homme s'était approché du jardinet entouré d'une barrière métallique. Il semblait se tasser un peu plus sur lui-même, comme si en approchant du gigantesque bâtiment il avait perdu en taille. Des camions passaient, qui le masquaient par instants au regard d'Éric. Une angoisse sourde le prit. Il ne connaissait pas cet homme, ne l'avait probablement jamais rencontré, ne le reverrait jamais. Pourtant la seule idée de le perdre de vue le faisait trembler.

Un camion du Samu, puis un autobus... Dans l'intervalle entre les voitures, Éric eut l'impression que l'homme se tassait encore, tombait à genoux. Il descendit sur le pavé à son tour, se glissa entre les véhicules en stationnement. Le feu passait à nouveau au rouge, scindant le flux de voitures. Éric attendit que la dernière d'entre elles soit passée, traversa l'avenue d'un pas rapide. Le trottoir était vide.

Il jeta un regard vers la droite, vers l'angle de la rue Nélaton, puis vers la gauche, le long de l'avenue de Grenelle, sans apercevoir la moindre trace de l'homme en noir. Comme il approchait du sapin, il aperçut contre le mur de pierre une grande plaque de marbre gris. Et au pied de cette plaque, un bouquet de roses blanches. Il leva les yeux, lut l'inscription:

«Les 16 et 17 juillet 1942

13152 Juifs furent arrêtés dans Paris et sa banlieue

Déportés et assassinés à Auschwitz

Dans le vélodrome d'Hiver qui s'élevait ici

4115 enfants

2916 femmes

1129 hommes

Furent parqués dans des conditions inhumaines

Par la police du gouvernement de Vichy, sur ordre des occupants nazis.

Que ceux qui ont tenté de leur venir en aide soient remerciés. Passant souviens-toi.»

Il était près de midi et demi. Le soleil de juin écrasait les ombres. Les abeilles bourdonnaient autour du bouquet abandonné. Un froid glacial enveloppait le dos d'Éric, le clouant sur place.

Thierry arrivait sur le palier du quatrième étage de l'immeuble, les écouteurs de son iPod bien vissés dans les oreilles, lorsqu'il tomba sur Farida Boudjedrah. La mère de Khaled était assise sur les marches, un bras accroché à la rambarde. Un moment, il crut qu'elle avait eu un malaise, mais son sourire le rassura.

– Vous avez besoin d'aide ?

Elle répondit quelque chose qu'il n'entendit pas. Il retira ses écouteurs, farfouilla à sa ceinture pour éteindre la musique.

– Pardon ?

– Non, non... je me repose simplement. L'ambulance m'a déposée en bas, mais ils avaient une urgence et j'ai complètement oublié que l'ascenseur était en panne.

– L'ambulance ?

– Khaled ne t'a pas dit ? J'ai eu... j'ai été attaquée, avant-hier, à la maison.

Elle s'agrippa à la rambarde, fit mine de pousser sur ses jambes. Thierry se porta à son secours, l'aida à se mettre debout. Elle ferma les yeux, le poids de son corps pesait sur lui. Il baissa les yeux, gêné. Elle avait beau avoir, quoi, plus d'une quarantaine d'années, c'était une très belle femme, brune, svelte, avec au coin des yeux de petites rides qu'à la différence de la mère de Thierry elle ne cherchait pas à cacher. Il sentit son odeur, et le visage d'Anissa lui revint en mémoire. C'était le même parfum, un parfum dont il croyait avoir oublié l'odeur mais dont le moindre effluve lui nouait la gorge.

Farida Boudjedrah rouvrit les yeux, l'air surpris :

– Il faut que j'y aille doucement. Quand je bouge trop vite, ça tangue un peu...

– Vous avez été attaquée ? Je ne comprends pas...

À la maison. Un homme est venu à la maison, s'est fait passer pour un collègue de mon mari... Ne fais pas cette tête-là, ce n'est pas grave... Juste un coup sur la tête...

Elle désigna le pansement à la base de sa nuque, qu'il n'avait pas remarqué sous la masse de ses cheveux noirs.

– Je… je suis désolé. C'est… je trouve ça…

– Ne t'inquiète pas. Nous avons connu pire, Monssef et moi…

Quelque chose dans le ton de sa voix persuada Thierry de ne pas poursuivre. Ils firent face à l'escalier et gravirent les marches jusqu'au palier suivant.

– Ne va pas trop vite, murmura-t-elle comme ils entamaient la montée suivante. Ça tourne pas mal…

– Vous voulez vous rasseoir ? Ou que j'aille voir s'il y a quelqu'un chez vous pour nous aider ?

– À cette heure-ci, ça m'étonnerait. Je n'étais pas censée sortir avant demain matin… Les médecins ont eu besoin de mon lit, alors on m'a poussée dehors, mais ni Khaled ni Monssef ne sont au courant. Oh !…

– Qu'y a-t-il ? Ça ne va pas ?

– Je n'ai pas de clés… J'ai été emmenée comme ça… et Monssef n'a pas eu le temps de me rapporter mon sac. On risque de se retrouver à la porte…

– J'ai mon portable. S'il n'y a personne, j'appellerai Khaled.

Ils durent encore ralentir l'allure. Sixième étage, septième… Elle ne parlait plus maintenant, s'agrippait à lui en silence. À deux reprises, ses jambes se dérobèrent et elle faillit tomber. Mais elle ne laissait échapper aucune plainte, gardant les yeux fixés sur les marches devant elle.

– Encore un dernier étage, dit-il comme ils atteignaient le huitième. Vous voulez que j'aille sonner là-haut, voir s'il y a quelqu'un ?

Les doigts de Farida s'accrochèrent à ceux de Thierry, elle s'affaissa un peu plus contre lui :

– Je préférerais que tu restes à côté de moi, je me sens un peu bizarre...

Il l'aida encore pendant quelques marches, mais elle semblait de plus en plus faible. Thierry passa le bras de la mère de Khaled autour de son cou, comme il l'avait appris lors de son stage de secourisme l'été précédent, et la porta presque sur les dernières marches.

Il traversa le palier, appuya du coude sur la sonnette de la porte, avec insistance.

À l'intérieur, il entendit du bruit. Quelqu'un baissait le son d'un téléviseur. Puis des pas dans le couloir, et le silence.

Il scruta la porte. Pas d'œilleton de sécurité.

– Est-ce qu'il y a quelqu'un ? Khaled ? Monsieur l'inspecteur ? Madame Boudjedrah n'est pas bien, il faut...

La porte s'ouvrit, et il se retrouva face à Anissa. Elle resta quelques instants stupéfaite, son regard errant de Thierry jusqu'à la forme effondrée de sa tante.

– Qu'est-ce que... ?

Dans un mouvement d'exaspération, il avança sur elle, l'écartant contre le mur du couloir, poussant une porte au hasard pour déposer son fardeau en travers d'un lit. Emporté par son mouvement et par le poids de Farida, il faillit glisser sur elle. Il se redressa. La mère de Khaled clignait des yeux, passait la main sur son visage :

– Je crois que j'ai eu un petit passage à vide...

– On peut dire ça comme ça, oui, sourit Thierry, et elle lui rendit un sourire complice.

Dans l'encadrement de la porte, Anissa les observait, éberluée.

Farida Boudjedrah prit appui sur ses coudes, se redressa lentement.

– Ça fait du bien d'être arrivée, dit-elle.

– Tu devrais peut-être rester allongée, intervint Anissa. Et si… et si vous voulez bien sortir de la chambre, je vais m'occuper de ma tante, merci.

Thierry dévisagea la jeune femme, surpris par l'hostilité à peine masquée qui émanait de sa personne.

Il obtempéra et se dirigea vers le salon, sans pouvoir se défaire d'un sentiment trouble. Qu'avait dit la mère de Khaled, au juste ? Elle avait été attaquée, ici même, dans son appartement, quelques jours auparavant. Cela semblait incroyable, incongru… Et pourtant quelque chose semblait avoir changé, comme si cette intrusion, cette agression violente avaient laissé derrière elles une trace. Par désœuvrement plus que par curiosité, ou pour chasser cette impression de malaise indéfinissable, Thierry examina avec plus d'attention les photographies qui ornaient le mur du salon. Sur l'une d'entre elles, en couleurs, qui représentait probablement une fête familiale, il crut reconnaître Farida Boudjedrah, plus jeune, au bras d'une autre jeune fille, sa sœur probablement. Il les trouva belles.

De quand datait la photographie ? Une dizaine d'années ? Plus ? Comment le savoir ? Et quel intérêt ? Il ne connaissait rien de ces gens, de leur culture, ne savait même pas de quel pays ils venaient. Algérie, Maroc, Tunisie ? Il avait beau, en famille, tenter de contester les remarques banalement racistes de ses parents, au nom de la tolérance et du droit à la différence, il se rendit compte qu'il ignorait tout de ceux que ses parents appelaient « les Arabes ».

Mais d'où venait cet intérêt soudain ? D'une sincère soif de connaissance, ou du souvenir des yeux d'Anissa, troublée par son apparition soudaine dans la salle de bains où elle se… maquillait?

Mais est-ce que les femmes arabes se maquillaient, d'ailleurs? Est-ce qu'on avait le droit de se maquiller s'il fallait porter un foulard pour cacher ses cheveux?

C'était la première fois que de telles questions lui venaient à l'esprit.

Il s'était agenouillé sur le bras du fauteuil en cuir du salon pour mieux inspecter les photographies de la famille, et c'est dans cette position que Khaled le surprit.

– Qu'est-ce que tu fous ici?

Thierry sursauta, pivota sur lui-même, manquant perdre l'équilibre.

– Tu n'as pas trouvé ce que tu cherchais? Tu es venu voir si vous n'aviez rien oublié?

La voix de Khaled vibrait d'une fureur malsaine, à peine contenue. En deux pas, il fut sur Thierry. D'une poussée sur la poitrine, il le fit basculer sur le sofa.

– Eh! Ça ne va pas? Qu'est-ce qu… ?

Khaled murmura quelque chose entre ses dents, une injure probablement. Thierry se redressa, pour être repoussé à nouveau brusquement en position assise.

– Qu'est-ce qui te prend? Tu ne te sens pas bien? Pourquoi…?

– Où est Éric? Dans ma chambre? Dans le bureau de mon père? Pas la peine de vous fatiguer, vous avez bien tout pris, et je n'ai pas fait de copie.

– Mais de quoi parles-tu?

Khaled lui décocha une gifle violente, si violente et inattendue que les larmes montèrent aux yeux de Thierry.

À l'incompréhension se mêla un profond sentiment d'humiliation, et pendant un instant, au visage de Khaled, se superposa le souvenir du visage d'Andreas. Jamais, jamais depuis ces années-là il n'avait ressenti à ce point l'avilissement d'être frappé sans posséder la force physique nécessaire pour réagir, ni même se défendre.

L'idée lui traversa l'esprit, incongrue, que c'était ici, dans cette pièce peut-être, que Farida Boudjedrah avait été agressée l'avant-veille. Et comme par magie, alors qu'il pensait à elle, elle apparut dans l'encadrement de la porte du couloir :

– Mon Dieu ! Mais qu'est-ce qui se passe ici ? Khaled !!!

Khaled pivota sur ses talons, fit face à sa mère. Il resta bouche bée :

– Tu as frappé ton ami ? Dans ma maison ? As-tu perdu la raison ?

Khaled chercha à s'expliquer, mais rien ne vint, à part :

– Tu es à la maison ? Je croyais que tu ne rentrais que demain au plus tôt...

– Je suis à la maison, oui. Mais qu'est-ce que ça change ? Ou bien crois-tu qu'en mon absence tu aies le droit de frapper ton ami sous mon toit ?

– Je... La porte était ouverte, je suis allé directement au salon et quand j'ai vu... enfin, avec ce qui s'est passé...

Farida Boudjedrah secoua la tête comme si la stupidité de son fils dépassait l'entendement.

– Tu as pris ton ami... comment vous appelez-vous ? Je ne vous ai même pas remercié...

– Thierry, madame.

– Tu as pris Thierry pour mon agresseur ?

Khaled se mordit les lèvres, ne répondit pas.

Thierry se releva du fauteuil :

– Je vais y aller. Je ne voudrais pas déranger…

– Je vous en prie, restez.

– Non, excusez-moi…

Il la salua d'un signe de tête, s'éclipsa, les yeux baissés.

– Qu'est-ce que c'est ? demanda Éric.

– Les derniers articles de ton frère. C'est le seul contact que j'aie avec lui depuis une semaine, ajouta Elena.

Éric fit dérouler le texte sur l'écran de l'ordinateur. En haut à gauche, un portrait de Gilles, pris deux ans auparavant par l'un de ses camarades photoreporters, lors d'un séjour en Tchétchénie. À côté, le nom du site : Irak, le retour.

Il lut, sous la date de la veille, les premiers mots :

« Bonjour à tous. Désolé de ne pas avoir donné de nouvelles depuis trois jours, mais la situation ne s'y prêtait pas. La chaleur est à peine supportable. Je n'ai eu ni le temps ni l'envie de blogger. La température monte dès le lever du soleil, un soleil de feu qui semble concentrer ses rayons sur cette petite parcelle de terre calcinée. L'air vibre de chaleur toute la journée, rendant les déplacements encore plus difficiles. J'avais pensé profiter de la soirée pour mener mes investigations, rencontrer des Bagdadis, prendre le pouls de la ville et de sa population. Mais les premiers jours, même cela m'a été impossible. Quand le soir tombe, ici, on pourrait espérer que l'air va se rafraîchir, devenir enfin respirable. Mais à Bagdad, ce n'est pas le cas. Lorsque le soleil disparaît à l'horizon, les pierres des ruelles, le macadam des avenues régurgitent la chaleur emmagasinée pendant toute la journée, comme s'ils exhalaient un soupir de soulagement. Sortir de l'hôtel dans la rue, même à huit heures du soir, c'est comme plonger dans un sauna. Il m'a fallu plusieurs jours pour m'acclimater. J'ai renoué contact dès mon arrivée avec Clay Campbell, que j'avais rencontré pour la première fois en Tchétchénie. Clay est à Bagdad depuis deux mois maintenant, et m'a briefé sur une foule de détails de la vie quotidienne que je partagerai avec vous dès que j'en aurai le temps. Il m'a aussi donné l'adresse de ce point Internet d'où votre vaillant correspondant de guerre personnel enverra ses dépêches. L'enseigne de la boutique, «Bagdad Internet Café», m'a fait sourire. Le propriétaire, Tareq, tente de la faire fonctionner malgré les problèmes quotidiens d'approvisionnement en électricité. "C'était une bonne journée hier, me dit-il en souriant. Nous avons eu quatre heures d'électricité, remerciez le consul américain si vous le croisez." Tareq a mon âge. Lorsque je tente d'en savoir plus sur son passé, il me répond: "J'ai vingt-quatre ans, j'ai survécu à ma deuxième guerre du Golfe. Qu'est-ce que vous voulez que je vous dise de plus?" Tareq a un jeune frère, ou un cousin, je ne sais pas. Ali a onze ans, c'est notre factotum, à Clay et à moi. Il fait tout, il se faufile partout, il sait tout. Où trouver un cordonnier pour réparer les lanières de mon sac de voyage endommagé à l'aéroport, où s'adresser pour avoir une chance d'obtenir une interview avec tel ou tel responsable du "ministère du Pétrole", où trouver les glaces à la rose les plus fruitées… Ali sait tout cela. Il est très envieux de Tareq, parce qu'il n'a connu qu'une guerre du Golfe. "Mais je fais confiance aux Américains, celle-là va durer longtemps", ajoute-t-il. Il a onze ans. Je me demande ce qu'en pense le Pentagone. Probablement qu'Ali, à onze ans, est intoxiqué par la propagande antiaméricaine.»

– C'est drôlement bien. Comment marche son site? demanda Éric en s'arrachant à l'écran.

Malgré la distance, et le fait qu'il lisait le texte à l'écran, il avait cru entendre la voix de Gilles murmurer à son oreille ces confidences.

Elena s'assit à côté de lui sur la banquette du salon. De la main gauche, elle continuait d'agiter la serviette de bain dans ses cheveux tandis que de la droite, cliquant ici et là à l'écran, elle faisait visiter le site à Éric.

– L'idée lui en est venue à son retour de Tchétchénie, l'an dernier. La plupart de ses articles n'ont pas trouvé preneur dans la presse. Certaines de ses photos ont été publiées à droite à gauche, parce que c'est un excellent photographe et que la presse écrite est avide de ces images chocs. Mais ses carnets n'intéressent personne. Trop sombres, trop décalés. Pas assez en rapport avec l'actualité. Cette fois-ci, il a décidé de partir en Irak en free lance, tout seul. Il poste ses articles directement sur le site web, depuis son accès Internet sur place. Et quand il a le temps, j'ai même droit à un e-mail...

De fines gouttelettes d'eau tiède atterrissaient sur le visage d'Éric, qui tentait de se concentrer sur l'écran, de faire abstraction du corps dénudé d'Elena pressé contre le sien. Après sa curieuse expérience avec le vieil homme aux roses blanches, il était arrivé peu avant une heure de l'après-midi. Il avait trouvé Elena à peine réveillée, sortant de sa douche. Elle avait accepté son bouquet de roses sans rien dire, l'avait déposé dans l'évier de la cuisine avant de retourner à la salle de bains chercher le séchoir électrique. Éric s'était servi un Coca, était venu s'asseoir devant la grande table basse en teck du salon, sur laquelle trônait un ordinateur dernier cri, à écran plat. Tout autour de lui, sur les grands murs blancs du living-room, les photographies de guerre de son frère côtoyaient les clichés de mode d'Elena.

– Tout seul? Mais comment paie-t-il le voyage, s'il n'est pas commandité par un magazine?

– Nous avions des économies. C'est à ça que servent mes séances de pose pour L'Oréal et autres... Je me fais photographier en string au milieu de cocotiers spécialement importés des Caraïbes pour convaincre des ménagères de moins de cinquante ans de perdre du poids avant l'été, afin que ton frère puisse aller risquer sa peau dans tous les trous du cul du monde.

– Curieux passe-temps... murmura Éric.

– Tu connais Gilles aussi bien que moi, soupira Elena en tentant de masquer sous une légèreté apparente le tremblement de sa voix. Lorsqu'il s'est mis quelque chose en tête... Tiens, regarde ça...

Elle cliqua sur le côté, sur un petit bandeau bleu marqué Paypal. Une somme s'afficha à l'écran.

«6 862 US Dollars.»

– Qu'est-ce que c'est?

– Des donations. Ton frère fait appel à la générosité publique. Des gens du monde entier donnent de l'argent. Certains donnent un ou deux dollars, d'autres beaucoup plus, jusqu'à 300 dollars. Pour participer au financement du site, et de son blog.

– Son quoi?

– Son blog. Je crois que ça vient de «weblog», c'est comme ça que les Américains ont baptisé les journaux intimes sur Internet. Il paraît que ça rencontre de plus en plus de succès. Les gens racontent leur vie, et d'autres lisent ça comme s'ils lisaient un roman, ou plutôt comme s'ils suivaient une sitcom. La plupart du temps, ce sont des trucs assez décalés, ou bien de jeunes Japonaises en socquettes qui affolent les courtiers en Bourse avec leurs histoires de flirts et d'acné. Là, c'est un peu différent. Sur le principe, ces gens paient pour permettre à Gilles de continuer son reportage, et pour accéder à des informations en direct, sans passer par le filtre des journaux, des directeurs de rédaction, d'une information déjà prémâchée. Enfin, c'est comme ça que Gilles le présente sur son site, et c'est aussi pour cela que chacun des textes est mis en ligne en français et traduit simultanément en anglais et en espagnol. Moi, j'ai tendance à voir ça autrement...

Elle jeta la serviette à terre, secoua la tête pour remettre ses cheveux en place. Son peignoir avait glissé, découvrant une épaule, la naissance de son sein gauche.

Éric, tétanisé, sentait son propre cœur battre à tout rompre. *Je suis toujours amoureux d'elle*, songea-t-il. *Je n'ai jamais cessé de l'être...* Depuis plusieurs mois, il luttait pour ne pas affronter cette évidence. C'était presque un soulagement de se l'avouer enfin.

– Gilles explique que nous sommes entrés dans un monde de faux-semblants, un monde d'images virtuelles, dans lequel les puissants mènent leurs guerres en s'assurant qu'aucune image non autorisée ne filtre. Une guerre sans images, dit ton frère, c'est une guerre sans morts. Tant qu'on ne voit pas de cadavres dans les journaux, et surtout sur les écrans de télévision, le public peut continuer à avaler ce qu'on lui raconte, qu'il s'agit de guerre ciblée, de frappes chirurgicales, menées avec précision et compassion par des êtres doués de raison. Son but, c'est d'aller sur place et de ramener des informations, et des images, pour que le public sache. Qu'il soit tiré de son sommeil et se rende enfin compte que ça n'a rien de virtuel, que des gens meurent sous ces bombes, sous ces immeubles qui s'effondrent... Alors il fait appel à des gens qu'il imagine partager le même idéal que lui, des gens qu'il imagine vouloir changer la face du monde.

Son ton s'était fait grinçant.

– Tu n'as pas l'air d'accord, observa Éric.

– Ton frère est un idéaliste. Et je ne partage pas sa confiance en l'espèce humaine, tu sais. Pour des raisons... qui me sont propres...

Elle soupira avant de poursuivre :

– Certaines personnes restent assises sur leur cul toute l'année et donnent 10 ou 20 euros au Téléthon ou aux Restos du Cœur, une fois par an, afin de se faire du bien. D'autres donnent de l'argent à ton frère, mais je ne suis pas certaine que leur unique motivation soit d'avoir accès à une information fiable, en direct. Je me demande si, pour beaucoup d'entre eux, rajouter quelques dollars sur le site, ce n'est pas d'une certaine façon l'envoyer risquer sa vie à leur place. C'est un peu comme au poker, ils paient pour voir. Ils paient pour qu'il reste sur place plus longtemps, qu'il aille plus loin. Et qui sait, s'il lui arrivait quelque chose de vraiment grave, peut-être ressentiraient-ils enfin quelque chose ? Ça ne coûte pas cher, et c'est bien plus excitant que la télé-réalité. Mieux même que ces jeux d'ordinateur auxquels tu jouais quand je t'ai connu. Au lieu de balader Lara Croft dans un labyrinthe, ils envoient ton frère se promener en Irak.

Sa voix se brisa sur ces derniers mots et elle se tut brusquement. Éric était figé. Il la sentait vibrer auprès de lui. Il lui suffirait de lever la main droite, cette main droite qui pesait une tonne de plomb sur sa cuisse, de passer son bras autour des épaules d'Elena…

Elle releva la tête, tourna son regard vers Éric. Ses yeux étaient humides. Ils restèrent ainsi, immobiles, un bon moment. Puis Elena murmura :

– Embrasse-moi, si tu veux.

Éric demeura interdit. Une main de fer s'était posée sur sa nuque. Il savait qu'il lui suffisait de pivoter légèrement vers la gauche pour apercevoir la photographie de son frère, lire les premières lignes de sa dernière transmission. Comment pouvait-il faire une chose pareille, même s'il en rêvait depuis des mois, alors que Gilles, en ce moment même peut-être… ?

– Pourquoi ? bredouilla-t-il, conscient de l'inanité de la question.

Un sourire indéfinissable, infiniment las, courut sur les lèvres d'Elena.

– Parce que je le vaux bien, énonça-t-elle avec un faux accent anglais.

Khaled dévala les marches, déboula dans le hall de l'immeuble. Ses joues étaient en feu. Il sortit sur l'esplanade balayée par un vent chaud venu du sud. Du côté de la supérette, deux femmes âgées promenaient leurs chiens. Près du local à poubelles, plusieurs jeunes enfants revivaient le dernier épisode de leur série préférée, à coups de rayon de la mort et de fulguro-laser. Il tenta en vain d'apercevoir Thierry. Il aurait voulu le rattraper, sans savoir comment pourrait tourner cette rencontre.

Lorsqu'en arrivant sur le palier il avait trouvé la porte ouverte, et perçu une présence dans le salon, la rage l'avait pris. L'agresseur de sa mère était revenu sur les lieux. Khaled voulait voir son visage, un visage qu'il pourrait graver dans sa mémoire avant de le pulvériser sous les coups. Face à Thierry, il avait hésité, sentant monter la colère mais cherchant encore à se maîtriser. Puis il y avait eu cette gifle violente... Si sa mère ne s'était pas interposée, il aurait été capable... de quoi au juste?...

Farida Boudjedrah avait sermonné son fils. Elle était livide et au bord des larmes:

– Mais as-tu perdu la raison, Khaled? C'est ton ami. Ton ami, qui m'a soutenue et portée jusqu'ici sur quatre étages... Tu dois lui présenter tes excuses, s'il veut bien les accepter. Tout de suite!

Anissa, debout dans l'ombre du couloir derrière sa tante, ne disait rien. Khaled marmonna une excuse, sortit de l'appartement à son tour. Dans l'escalier, par trois fois, il appela Thierry par son prénom, sans réponse. À chaque étage, le doute grandissait en lui. Comment avait-il pu penser que Thierry et Éric auraient fait une chose pareille? Payer un homme de main pour venir agresser sa mère et voler des documents chez lui? C'était grotesque. Et dans quel but?

Il fallait qu'il parle à Thierry, il fallait qu'ils aient une explication d'homme à homme. Pourquoi Thierry et Éric s'intéressaient-ils tellement à la disparition de cet Andreas Salaun, un dingue raciste avec lequel Khaled n'avait jamais échangé que deux ou trois insultes au collège?

Il scruta l'esplanade, prêt à bondir s'il apercevait la fine silhouette de Thierry, quand une voix familière le héla:

– Khaled...

Il se tourna vers la droite. Samir venait vers lui, d'un pas alerte.

Ils s'embrassèrent.

– Quelles nouvelles de ta mère?

– Elle... elle est rentrée plus tôt que prévu, annonça Khaled tout en faisant quelques pas sur l'esplanade.

– Eh! Attends-moi... Qu'y a-t-il?

– C'est Thierry. Thierry de Boisdeffre..

– Ton copain français?

Khaled soupira, agacé.

– J'en ai marre de ça, je te l'ai dit. Je SUIS français. Je suis né à Aubervilliers, dans le neuf-trois, et je SUIS français.

Samir secoua la tête, imperturbable. Ils avaient déjà eu dix fois cette conversation.

– Tu es français, bien sûr. Au lycée, à la maison, tu es français si ça te chante. Mais va chercher demain un boulot, ou un appart, ou même simplement essaie de rentrer en boîte tard la nuit, et tu verras comme ta précieuse francitude est convaincante... Bonjour, je viens pour l'annonce... Bien sûr, monsieur, pouvez-vous m'épeler votre nom... Khaled Boudjedrah, madame, avec un H à la fin: B.O.U.D.J... Beep, beep, beeeeeeeeeep ..

– Tu fais très bien le bruit du téléphone raccroché, concéda Khaled.

– Ne t'inquiète pas, j'ai eu l'occasion de m'entraîner. Et d'observer, surtout...

– Bon, excuse-moi, mais il faut que je retrouve Thierry.

Samir lui emboîta le pas, lui posa une main sur l'épaule pour le ralentir.

– Il vient souvent chez toi, ce Thierry ? Il connaît tes parents ? Moi, je ne l'avais jamais vu…

– Non, l'autre jour, c'était la première fois qu'il venait à la maison. Le jour où on a joué à *Soldier of Fortune*.

– La première fois, répéta Samir d'un air songeur.

– Quoi, la première fois ? Qu'est-ce que ça veut dire, la première fois ?

– Rien. C'est juste curieux. Qu'est-ce qu'il venait faire chez toi ?

– On devait… regarder des documents ensemble, pour le lycée.

– Regarder des documents ensemble… pour le lycée…

– Tu as fini de répéter tout ce que je dis avec cet air mystérieux ? Tu as fumé quoi ?

– Rien. Tu sais que je ne fume pas…

– Ouais. Tu ne fumes pas, tu ne bois pas, tu ne cours pas les meufs. T'es l'homme parfait.

Samir ne releva pas :

– Et aujourd'hui ? Il est venu te rendre ces fameux documents ?

– Non… Il est venu… comme ça, je pense.

Samir hocha la tête :

– Je suis sûr que ton père voit tous les jours des types bourrés qui mentent de manière plus convaincante que toi…

– Qu'est-ce que tu racontes ?

– Il s'est passé quelque chose, chez vous. Farida n'a pas été agressée par hasard. Ça n'a rien à voir avec tes deux copains français, tu es sûr ?

Khaled ne répondit pas, se mordit nerveusement l'intérieur de la joue. Il était fatigué de mentir. Mentir à son père, mentir à son cousin… Rester avec cette incertitude, ce doute lancinant, sans pouvoir s'en ouvrir à personne… Il fit volte-face sur l'esplanade, à l'ombre d'une laverie automatique fermée pour cause de rénovation depuis neuf mois.

– Ils étaient venus tous les deux, Thierry et Éric, regarder un dossier de police. Un dossier que mon père gardait à la maison. Un dossier qui a été volé le jour de l'agression.

– Ton père garde des dossiers à la maison ?

– Jamais. Juste celui-là. Je l'avais vu le ranger dans son secrétaire, je n'ai rien dit, j'avais jeté un œil dessus, c'est tout. Et Thierry et Éric sont venus m'en parler, comme par hasard, parce que mon père travaille au commissariat qui a pris en charge l'affaire.

– Drôle de hasard, tu ne trouves pas ? Et pourquoi ton père a-t-il conservé ce dossier chez lui ?

– Je ne peux pas le lui demander, mais je pense… Je pense qu'on a dû essayer déjà de faire disparaître ce dossier, au commissariat, et qu'il voulait le mettre en lieu sûr.

– Tu lui as parlé de tes amis ? Tu lui as dit qu'ils avaient eu accès au dossier ?

– Tu veux rire ? Mon père me tuerait…

– Eh bien, tu sembles t'être mis dans une belle merde.

– Merci, ça fait toujours plaisir de se sentir soutenu par les siens.

– Et c'est quoi ce dossier, au juste ? Un truc top secret ? Une tentative d'assassinat du président de la République ? Un attentat dans le métro ?

– Non. C'est un dossier de disparition. Un type du collège qui a disparu. Un barge complet, qui ne pouvait pas me saquer, et réciproquement. Andreas Salaun, le fils de l'autre, là, qu'on voit de plus en plus souvent à la télé. Un gros facho qui veut foutre tous les Arabes à la mer...

– En quoi ça te concerne ? T'es français, non ? s'étonna Samir d'une voix faussement naïve.

– Pour ces gens-là, t'es jamais français.

– Ah, je vois que la leçon commence à rentrer, finalement !

– Oui, mais enfin attends... TOUS les Français ne sont pas racistes. Il y a plein de gens qui...

Khaled s'arrêta, empêtré dans ses contradictions. Samir faisait mine de l'écouter tout en arborant un sourire satisfait.

– Il y a plein de gens comme tes deux copains, là, qui passent chez toi consulter un dossier de police. Avant que celui-ci disparaisse comme par enchantement pendant qu'un Jean-Pierre assomme ta mère. Douce France, cher pays de mon en-fan-ce...

– Ça ne me fait pas rire du tout.

– Moi non plus, ça ne me fait pas rire. Est-ce que tu sais pourquoi ces deux-là s'intéressaient tant au dossier de cet Andreas Salaun ?

– Non, aucune idée. Simple curiosité, j'ai pensé au début. C'était un mec de notre classe. Mais vraiment un drôle de type. C'était dans le rapport. Sa chambre était pleine de trucs de nazi, des trucs de fou. Et lorsqu'il a disparu, et que mon père a passé sa chambre au peigne fin, ils ont trouvé tous les ingrédients pour fabriquer une bombe artisanale...

Samir ne dit rien. Son visage était grave, renfermé. Khaled continua :

– Je crois qu'il y avait eu des tensions à l'époque entre Andreas, Éric et Thierry. D'après ce qu'on lit dans le dossier… il est possible qu'Andreas ait voulu faire péter sa bombe au lycée.

– Charmant camarade de classe… Et tu en connais beaucoup, des comme ça ?

– Non, heureusement.

– Et donc tu mates ce dossier avec tes deux copains, et deux jours après… pfffuiiit, envolé… Ça ne te met pas la puce à l'oreille ?

– Ce sont mes amis, argua Khaled, comme si cette profession de foi coupait court à toute discussion.

Il tourna les talons, fit encore quelques pas, sans grande conviction. Il savait qu'il ne retrouverait pas Thierry. Et s'il le retrouvait, que lui dirait-il ?

– Ce sont mes amis, répéta-t-il dans un murmure.

Comme pour s'en convaincre.

– Alors ? Qu'y avait-il de si urgent ?

Éric avait accueilli Thierry dans son appartement sans même un sourire. Il l'avait précédé jusqu'à sa chambre, avait refermé la porte avant de s'adresser à lui.

– Écoute, c'est vraiment sérieux, sinon je ne t'aurais pas dérangé…

– Dérangé… répéta Éric avec un rictus amer.

Il se souvint du moment où la sonnerie de son portable l'avait interrompu, trois heures plus tôt. Ses bras enserraient les épaules d'Elena, sa main glissait sous le peignoir abandonné, le long de son dos. Il la sentait frissonner contre lui… Elle l'embrassait, l'embrassait comme il n'avait jamais été embrassé. Il ouvrait les yeux, gravant dans sa mémoire chaque détail… quand le jingle électronique ridicule retentit.

Elena s'était immobilisée, puis d'un mouvement s'était

dégagée de son étreinte. Sans un regard en arrière elle avait remonté les pans du peignoir, s'était enfuie dans la salle de bains, le laissant seul sur le canapé du salon, l'esprit encore embrumé. Il avait fouillé dans sa poche, appuyant maladroitement sur les boutons d'activation du téléphone, prêt à massacrer son interlocuteur…

– Éric ? C'est Thierry. Il faut que l'on se voie. Il s'est passé quelque chose de très grave.

Éric s'était senti soulagé, bizarrement, en entendant la voix de Thierry. Plus tard, il réaliserait qu'il s'était attendu à ce que ce soit son frère au bout de la ligne.

– Quelque chose de très grave ?

– Je ne veux pas en parler au téléphone. On se retrouve chez toi dans dix minutes, OK ?

– Non. Attends… je suis à Paris… je… je ne serai pas là avant… avant ce soir…

Elena était ressortie de la salle de bains, vêtue d'un jean et d'un chemisier passés à la hâte. Elle secoua la tête négativement, puis, sans soutenir le regard d'Éric, s'éclipsa à nouveau.

– Avant ce soir ? avait gémi Thierry.

– Oui, enfin… Bon, tu fais chier, j'arrive. Je serai chez moi d'ici une heure à peu près. Viens vers trois heures, ce n'est pas la peine de réveiller ma mère.

Il avait reposé le téléphone, enfilé sa veste. La lumière de juillet filtrant à travers les stores éclairait le canapé, l'ordinateur sur l'écran duquel Gilles souriait toujours, quelque part entre Bagdad et Fallujah, et le bouquet de roses qu'Elena avait tout juste eu le temps de disposer dans un seau à champagne.

Il fit quelques pas vers la porte fermée de la salle de bains, lança :

– Je suis désolé, Elena. Thierry a besoin de moi. Il… il vaut sans doute mieux que j'y aille.

Il y eut un silence, puis, d'une voix faussement assurée, elle répondit à travers la porte :

– Oui. Ce n'est pas grave. Il vaut sans doute mieux que tu y ailles. Je dirai à Gilles que tu es passé…

– Oui, c'est ça. Dis-lui de faire attention…

Il avait traversé l'appartement désert, dévalé les escaliers, s'était retrouvé avenue de Grenelle. Il avait sauté dans le métro, pris le premier train, était arrivé vers quinze heures, quelques minutes avant que Thierry sonne à la porte.

– Non, franchement, répéta Thierry. Je ne t'aurais pas dérangé si ce n'était pas super-important. Madame Boudjedrah. La mère de Khaled… Quelqu'un est entré chez eux en se faisant passer pour un flic, un collègue de son mari. Il l'a assommée, et je crois qu'il a volé le dossier d'Andreas.

– Tu crois ? Comment ça, tu crois ?

– Je n'ai pas pu en savoir plus. J'étais venu pour voir Khaled, comme ça, sans prévenir, sans téléphoner. Quand il m'a vu, il m'a sauté dessus, il était comme fou, il m'a baffé…

– Khaled ?

– Il croit que c'est nous, Éric. Il croit que nous avons fait agresser sa mère pour récupérer le dossier.

– Mais c'est complètement con… Pourquoi on aurait fait un truc pareil ?

– Je ne me suis pas attardé pour le lui demander… Il faut vraiment qu'on fasse quelque chose. Cette histoire devient de plus en plus malsaine…

– Mais que veux-tu qu'on fasse ? Tu tenais absolument à voir ce dossier, pour remonter la piste d'Andreas.

Apparemment, quelqu'un quelque part pense que ce n'est pas une super idée.

– Qui?

– Je ne sais pas. Andreas, peut-être.

Thierry secoua la tête négativement:

– Je ne crois pas, non. Mais son père... Tu as vu les articles et les documents sur Robert Salaun? Je ne serais pas étonné qu'il tente de faire disparaître le dossier de son fils. Pour améliorer son image.

– Faire disparaître un dossier de police, rien que ça? Mais il doit y en avoir des copies ailleurs, je ne sais pas, à la préfecture, dans un tribunal...

– Qui te dit que ces copies-là sont à l'abri? Pour qu'un inspecteur se sente obligé de planquer un dossier chez lui, il doit bien y avoir une raison...

Éric se prit la tête dans les mains, se massa le front:

– Écoute. Je suis largué, je suis fatigué, je suis de mauvaise humeur. À part sonner le tocsin, est-ce que tu as quelque chose d'autre à me proposer?

– Je voudrais qu'on descende au sous-sol, dans ta cave, récupérer ton ancien ordinateur. C'est notre seul moyen de contacter Andreas, si jamais j'ai vu juste...

– Tu tiens vraiment à me renvoyer là-bas. C'est une véritable obsession.

– Tu as vu les photos, comme moi. Je pense qu'il est retourné dans le Jeu, et qu'il en est prisonnier.

– Et tu cherches quelqu'un pour le ramener, c'est ça? Qui te dit que je suis volontaire?

– Je n'ai pas dit ça. J'ai juste dit que je serais plus tranquille si j'étais sûr qu'il nous était possible de le faire. Si ton PC est mort, la question ne se pose plus.

– Tu as un marteau? demanda Éric.

La déflagration fit trembler les vitres du café Internet dans lequel Gilles tapait son article du jour. Il entendit d'abord le bruit sourd de l'explosion, puis le souffle pénétra dans la petite pièce carrée, faisant voler ses notes, renversant son gobelet de thé froid sur le clavier, vrillant son tympan droit. Tétanisé, il s'accrocha aux accoudoirs de son fauteuil. Son regard accrocha celui de Clay, le correspondant de *Time Magazine*, assis en face de lui devant l'un des Pentium dernier cri que Tareq, le jeune propriétaire des lieux, mettait à leur disposition.

D'un bond, ils se levèrent tous deux et, comme dans un dessin animé, se jetèrent simultanément dans l'encadrement de la porte, l'un saisissant son sac, l'autre son appareil photo.

À cent mètres de l'endroit où ils se trouvaient, sur le trottoir d'en face, d'immenses flammes orangées se lançaient à l'assaut du ciel, enveloppées d'épaisses volutes de fumée noire.

– Un missile ? demanda Gilles en faisant sauter le cache de l'objectif de son appareil numérique.

– *Car bomb*, répondit, laconique, Clay, en posant une main sur l'épaule de Gilles. Reste là. Ils ont pu poser une deuxième charge pour massacrer les équipes de secours.

Gilles s'arracha un instant au spectacle terrible qui s'offrait à lui, questionna Clay du regard, n'osant pas y croire. Celui-ci se contenta de hocher la tête.

– Massacrer les équipes de secours… répéta Gilles, incrédule.

Il porta l'appareil à hauteur de son visage, cadra le site de l'explosion, prit plusieurs clichés en rafale. Un instant, les photographies défilèrent sur l'écran à cristaux liquides de l'appareil, avant d'être mémorisées.

Ils approchèrent avec précaution, restant à distance des véhicules garés de part et d'autre de la rue. De toutes les boutiques, des rues adjacentes, des hommes et des femmes accouraient. Certains, livides, le visage ravagé par l'angoisse, d'autres, l'air déterminé, prêts à faire face, à déblayer les décombres, à venir en aide à d'éventuels blessés. Une femme d'une soixantaine d'années les dépassa, portant une pelle à bout de bras, suivie d'un jeune homme muni d'une trousse de secours. Ils étaient à une trentaine de mètres du site de l'explosion quand ils entendirent le bruit des véhicules militaires. Gilles eut à peine le temps de prendre encore quelques clichés. Le cratère de près de quatre mètres de diamètre creusé à même le macadam sur une profondeur d'un bon mètre, les deux voitures retournées sur le toit qui brûlaient à quelque distance, les traces d'impacts sur les façades, les vitrines éventrées, les blessés, apparemment légers, qu'on sortait de la boutique du coiffeur, la plus proche de l'explosion.

– Ils visaient notre hôtel, dit Gilles en désignant l'entrée noircie de l'Al-Karma, dont les portes avaient été pulvérisées par le souffle.

– Non, contesta Clay. Ils en avaient après la boutique du vendeur d'électronique et de CD.

Gilles observa les décombres, dut se rendre à l'évidence :

– Mais à quoi ça rime ? demanda-t-il.

– Ce sont des cibles de choix pour les islamistes. Les boutiques où l'on vend des CD, des DVD, de l'alcool. À bas le martini-gin ! Mort à Britney Spears ! C'est une forme de résistance culturelle comme une autre…

De la foule montaient maintenant des cris, de longues plaintes. Les policiers irakiens repoussaient les badauds, dégageant un périmètre de sécurité, lançant des consignes que personne n'écoutait.

Un vieil homme s'accrocha au bras de Gilles, l'apostrophant de manière véhémente. Il fit signe qu'il ne comprenait pas, et l'homme le relâcha avec une moue d'agacement.

– Qu'est-ce qu'il voulait ?

– Il croit que tu es américain. Il dit qu'il faut que tu partes, qu'avant la venue des Américains il n'y avait pas de bombes.

– Très drôle, répliqua Gilles.

Depuis qu'ils s'étaient rencontrés lors d'un reportage à Fallujah, Gilles et Clay se livraient à une bataille diplomatique sur la légitimité de l'intervention militaire en Irak. Clay, fidèle à l'argumentation de son gouvernement, mettait en avant la nécessité de faire tomber le régime dictatorial de Saddam Hussein. Gilles, campé sur la position française, répétait que l'ensemble des alternatives n'avait pas été exploré par les Américains avant de déclencher une offensive unilatérale et illégale. Tard dans la nuit, dans le bar de l'Al-Karma, ils se livraient à des joutes oratoires qui faisaient le bonheur de leurs collègues moins politisés.

Les véhicules militaires américains cernaient maintenant le périmètre, les soldats de la 3e brigade, première division de cavalerie, prenant possession des lieux. Gilles et Clay eurent beau brandir leurs cartes de presse, leurs accréditations, l'officier commandant la compagnie leur fit signe de dégager, comme l'ensemble de la foule qui refluait sur Al-Jadiriya Road. Dans un vrombissement assourdissant, un hélicoptère de surveillance OH-58 passa au-dessus de leurs têtes, patrouillant pour assurer la couverture des troupes au sol. Gilles et Clay revinrent sur leurs pas vers le Bagdad Internet Café.

Debout devant sa boutique, Tareq grimaçait :

– Ce n'est pas passé loin, cette fois, dit-il en anglais.

Clay hocha la tête, retourna s'asseoir devant l'écran, comme si rien n'était arrivé.

Gilles, se sentant impuissant, comme souvent depuis son arrivée à Bagdad, chercha ses mots sans les trouver. Comment dire à Tareq qu'il était désolé de la situation, qu'il ne l'avait pas voulue, mais qu'il ne pouvait rien faire pour arrêter cette spirale qui menait le pays vers le chaos ?

Les Américains avaient gagné cette guerre en un temps record. Ils en payaient maintenant le prix, et la population avec eux. Gagner la guerre sans préparer la paix n'avait servi à rien. Clay termina l'e-mail qu'il écrivait à sa femme Cathy, appuya sur la touche « Envoyer maintenant », se saisit de son gobelet de thé.

– Tareq, c'est imbuvable, ce truc. Tu veux envoyer Ali nous chercher une nouvelle théière ?

– Mais c'est déjà fait, il est…

Tareq blêmit. Clay et Gilles se figèrent.

– Oh mon Dieu… murmura Gilles.

Clay se releva d'un bond, ils ressortirent tous les trois dans la rue, coururent vers la zone de l'explosion que les soldats de la 3e brigade finissaient d'entourer d'un cordon de barbelés.

Ils couraient sans dire un mot, persuadés qu'il n'y aurait pas de miracle.

– Attends, non, je ne le crois pas ! Je ne le crois pas !

Thierry décocha un violent coup de pied dans la porte de bois fracassée de la cave, qui alla percuter le mur avant de revenir le frapper au bras. Il ne ressentit même pas la douleur.

Éric ramassait, pensif, quelques livres déchirés abandonnés sur le sol par les pillards.

Dès qu'ils avaient pénétré dans les sous-sols, ils avaient su que quelque chose ne tournait pas rond. La plupart des ampoules électriques avaient été brisées. Seule subsistait la faible luminosité des spots de secours. Éric s'était dirigé vers le couloir des caves. La porte en avait été crochetée. Ici les ampoules avaient été laissées en état, afin probablement de faciliter le travail des cambrioleurs, qui avaient méthodiquement fouillé toutes les caves de la cage d'escalier C, emportant ce qui leur plaisait, abandonnant en vrac le reste. Des cassettes vidéo écrasées, des magazines déchirés, un service à thé pulvérisé jonchaient le couloir.

– Mais enfin c'est quoi, ces merdes ? jura Thierry en désignant les portes fragiles défoncées à coups de pied. Vous n'avez jamais entendu parler de portes blindées ?

Éric se releva, glissa quelques livres dans un carton encore intact.

– Tu t'égosilles pour rien, Thierry. On n'est pas à Neuilly-sur-Seine ici, ni chez tes parents. On est dans la vraie vie. Ça arrive tout le temps, ce genre de truc. Tout le temps. Les vélos, les scooters, les bagnoles, les caves, les boîtes aux lettres… On n'en fait pas un plat, nous, parce qu'on est habitués, malheureusement. On n'a pas de caméras de surveillance, on n'a pas de vigiles, on n'a pas de grilles ni de rondes de flics. Ni chez moi, ni chez Khaled, ni chez la plupart des copains du lycée…

– Tu voudrais que je trouve ça normal ?

– Non. Je voudrais juste que tu arrêtes de gueuler. Passe-moi le livre, là. C'est à Gilles, et il y tient.

Thierry ramassa l'exemplaire du *Seigneur des anneaux*, le tendit à Éric, qui l'épousseta et le garda sous son bras.

– Je ne comprends pas, grogna Thierry.

– Tu ne comprends pas quoi ?

– Je ne comprends pas que vous restiez dans cette merde, que vous acceptiez cette merde, dit-il en désignant le couloir jonché de détritus.

Une odeur d'urine âcre leur prenait la gorge.

– On n'a pas le choix, répondit Éric d'une voix tremblante. On n'a pas le choix, tu saisis. C'est le monde qui nous a été légué, ce sont les cartes qu'on a tirées, et on fait avec Gilles t'expliquerait ça mieux que moi. Il n'y a qu'au fronton des mairies que les hommes sont libres et égaux en droit, ne me dis pas que tu n'avais pas remarqué ?

Thierry se tut.

– Tu as de l'argent, Thierry. Tu as de l'argent parce que tes parents ont de l'argent. Alors tu ne réalises pas comment c'est, pour les autres…

– Pourquoi dis-tu ça ? Ce n'est pas vrai, je n'ai jamais fait de différence…

Éric haussa les épaules :

– Peut-être. Mais moi, j'en fais. Tu viens chez moi, tu découvres ce foutoir, et ta première réaction, c'est de gueuler que c'est inadmissible… Tu crois que j'ai le choix, franchement ? Tu crois que ça me plaît de vivre ici, avec une mère impotente, dans un appartement qui n'a pas été refait depuis que j'y habite ? Je fais avec. Comme Gilles. Comme Khaled. Bienvenue dans le reste du monde, Thierry.

Thierry ne répondit pas, un long moment. Puis il murmura :

– Tu te rends compte que, sans ton ordinateur, nous n'avons plus…

– Plus aucun moyen de retourner dans le Jeu. Je sais…

– Tu ne vas pas… tu ne vas même pas porter plainte?

– À quoi bon? ironisa Éric. Dégradations des parties communes, vol dans une cave d'immeuble d'un ordinateur totalement has been… Qui tu crois que cela intéresserait?

– Nous pourrions aller voir le père de Khaled et lui expliquer ce qui s'est passé…

– Lui expliquer quoi?

– Lui raconter tout, depuis le début. Le Jeu, tout…

Éric se redressa, hocha la tête négativement:

– Ne rêve pas, Thierry. Aucun adulte ne voudra jamais nous croire. Et franchement… je ne les en blâme pas.

Ils étaient assis au bord du lit, dans la chambre d'hôtel de Gilles, et regardaient mourir les trois hommes. Encore. Et encore.

À l'extérieur, sur le balcon, il devait faire cinquante degrés. Seule la climatisation leur permettait de survivre. Ils redoutaient la prochaine coupure d'électricité.

Clay avait prévenu Gilles la veille au soir.

– Demain ou après-demain, j'aurai besoin de toi. Tu m'accompagnes?

La question était de pure forme. Depuis qu'ils s'étaient retrouvés, ils ne s'étaient pas quittés, l'un assurant les arrières de l'autre, à Fallujah ou sur la route de Bassorah. Au contact des troupes US, Clay prenait la parole. Au contact de la population irakienne, Gilles se mettait en avant, et présentait Clay comme un collègue canadien. Jamais l'un ne partait en reportage sans l'autre. Aussi Gilles ne prit-il même pas la peine de répondre.

– Vert, orange, rouge ? demanda-t-il simplement.

– Orange, je pense. Mais on n'a rien sans rien. Ce pourrait être un très gros coup. Quelque chose d'énorme.

– Et tu as dégotté ça comment ?

– Mohammed, mon ancien chauffeur-interprète, a contacté des amis à lui, qui ont contacté des amis à eux… Il semble qu'au sein des insurgés une faction cherche à faire passer des informations à la presse internationale.

– Des informations sur quoi ?

Clay avait allumé son ordinateur portable, un vieux Pentium II Toshiba, et avait essayé en vain de baisser le store électrique de la baie vitrée. Ils avaient tiré les rideaux. S'étaient assis côte à côte sur le lit.

Et dans la pénombre, leurs visages éclairés seulement par la lueur verdâtre de l'écran, ils avaient regardé les hommes mourir.

Encore.

Et encore.

Le film AVI faisait près de 12 Mo (12319 Ko pour être précis), et il avait fallu à Clay, vu la lamentable connexion Internet de l'hôtel, près de six heures pour télécharger l'intégralité du fichier, depuis un site britannique indépendant. Il avait ensuite lancé le programme Realplayer, sans succès, avait encore dû télécharger un programme de décompression avant de pouvoir visualiser les images.

L'image était en noir et blanc, la définition était mauvaise. Suffisante pourtant pour discerner l'essentiel, jusqu'à l'écœurement.

L'écran était centré par une visée d'armement constituée d'une croix blanche et des quatre coins d'un rectangle de tir. Le haut de l'écran était barré d'un curseur, et des quatre lettres « FLIR », dont Clay expliqua la signification à Gilles : « Forward Looking Infra-Red », une caméra thermographique infrarouge située à l'avant d'un hélicoptère Apache, destinée à guider les deux mitrailleuses de 30 millimètres situées sous la carlingue de l'appareil, de part et d'autre de l'habitacle.

Au début du film, qui durait en tout trois minutes trente-deux secondes, l'hélicoptère Apache était en vol stationnaire au-dessus d'un champ, quelque part en Irak, comme un énorme frelon silencieux. La bande-son, parcourue de chuintements métalliques de transistors, retranscrivait la conversation des deux hommes dans l'hélicoptère, le pilote et le mitrailleur, avec leur quartier général.

La caméra fixait une piste de terre, sur laquelle un camion arrêté faisait face à l'objectif. Un homme s'y tenait adossé. Un homme qui ne savait pas que sa vie se comptait maintenant en minutes. Sur la droite, une camionnette remontait la piste. Elle s'arrêta. Un deuxième homme en descendit, vint rejoindre le premier. Au troisième visionnage du film, Clay appuya sur « Pause » pour signaler à Gilles quelques détails. L'homme de la camionnette avait ouvert la portière avant gauche, et la chaleur à l'intérieur de l'habitacle colorait celle-ci en blanc, contrastant avec le gris sombre de la terre. De même, l'homme de la camionnette apparaissait plus blanc que l'homme du camion, non parce qu'il était habillé en blanc, mais parce qu'il avait emmagasiné la chaleur à l'intérieur du véhicule. À ce stade, Gilles était avide de ces détails, non seulement parce qu'il cherchait à mieux comprendre ce qu'il avait vu, mais parce qu'il tentait sans se l'avouer de reculer le moment où il serait une nouvelle fois confronté à la fin du film.

« Voyons voir ce que ces deux-là vont faire... » murmura le pilote.

Les deux hommes au sol ne se savaient pas observés. L'homme de la camionnette jeta un regard circulaire autour de lui, s'accouda au véhicule dans une pose nonchalante avant de prendre sa décision. Puis il rouvrit la portière avant, se pencha à l'intérieur et en ressortit un objet long apparemment recouvert de toile. Tandis que la caméra zoomait sur lui à son insu, il se mit à courir vers la gauche, traversant un champ, sautant par-dessus les sillons, pour jeter l'objet le plus loin possible de la route.

À l'intérieur de l'hélicoptère, son manège n'avait pas échappé aux militaires américains.

« Il court dans le champ... tu le vois... »

« Oui. (Puis au quartier général :) J'ai un type qui court et qui vient de jeter une arme... »

La réponse fusa, immédiate : « Fume-le. »

La caméra zoomait maintenant en arrière, et tandis que l'homme de la camionnette revenait en courant vers la route, c'était le camionneur qui traversait le champ à son tour, pour récupérer l'objet jeté à la hâte et le positionner au fond d'un sillon. Pendant ce temps, le mitrailleur avait armé ses deux canons avant, et le nombre de balles disponibles était apparu en bas à droite de l'écran : « 300 rounds. »

– Arrête, dit Gilles. Arrête.

Clay obtempéra.

– Tu sais à quoi ça me fait penser ?

– À un snuff movie? demanda Clay, faisant allusion à ces films mythiques au cours desquels, selon la rumeur, des actrices désargentées croyant tourner un film pornographique étaient réellement mises à mort.

– Non. À un jeu vidéo. À un putain de jeu vidéo.

– Je n'y avais pas pensé, murmura Clay. Mais tu n'as pas tort. Il y a quelque chose de ça.

L'échange entre l'hélicoptère et le quartier général se poursuivait en parallèle, le commandement demandant des détails, cherchant à s'assurer que les deux hommes avaient bien manipulé l'arme, si c'en était une, ce que Gilles et Clay avaient du mal à déterminer avec certitude mais qui ne semblait faire aucun doute pour les militaires :

« Personnel… se débarrassant d'armes en plein champ avant de repartir en courant vers leurs véhicules… Les avez-vous bien vus avec l'arme en main ? »

« Yep… »

« Engagez-les. Fumez-les. »

Tout allait alors très vite. Le mitrailleur tirait une première fois sur l'un des hommes, alors que celui-ci s'élançait à nouveau dans le champ. Comme dans un jeu vidéo, Gilles remarqua avec un écœurement teinté d'ironie que le compteur en bas à droite de l'écran affichait en temps réel le nombre de balles restantes, passant de 300 à 283 en quelques secondes. L'homme de la camionnette continuait à courir sans se douter de rien, moulinant des bras pour attirer l'attention d'un troisième homme, un paysan juché sur un tracteur qui venait d'apparaître à l'extrême gauche de l'écran. Le mitrailleur lança un *« Fuck ! »* retentissant avant de passer en mode automatique, et de basculer sa visée sur l'ordinateur de bord afin de corriger l'angle de tir en fonction de la distance depuis l'hélicoptère, stationnaire à près de deux kilomètres de ses cibles. L'homme de la camionnette était arrivé à hauteur du tracteur, en faisait descendre le conducteur. Le paysan faisait quelques pas dans le champ… et soudain le centre de l'écran explosait autour de lui dans un nuage de poussière blanche, tandis que le crépitement de la mitrailleuse, étrangement amorti par l'enregistrement électronique, retentissait. Les balles explosives de 30 millimètres, destinées à percer les blindages, pulvérisaient littéralement l'homme, projetant à plusieurs mètres des fragments déchiquetés qui, dans le champ de la caméra infrarouge, décrivaient d'obscènes arabesques phosphorescentes avant de retomber en pluie sur les deux spectateurs horrifiés. L'homme du camion, au moment où le paysan avait disparu dans une gerbe de sang et un magma de chair broyée, s'était recroquevillé sur lui-même, non pas qu'il fût lui-même touché par un ricochet, apparemment, mais parce que l'effrayante puissance de feu des canons de l'Apache, à cette distance, lui avait fait perdre tous ses moyens. Le viseur se dirigeait maintenant rapidement vers la gauche, vers le tracteur sur le flanc duquel l'homme de la camionnette, dans un mouvement désespéré, s'était arc-bouté pour arracher du sol l'objet qu'il avait vainement tenté de camoufler aux troupes américaines. Un moment, Gilles et Clay le virent agiter au-dessus de sa tête l'étui de toile dont il extrayait un long engin métallique, probablement un lance-roquettes. Mais avant qu'il ait pu l'armer ou même le porter à l'épaule, il disparaissait à son tour dans une gerbe de fumée blanche, les fragments de son corps méconnaissable s'éparpillant à leur tour dans la terre fraîchement retournée du champ, tandis que, sur la droite de l'écran, le compteur descendait à 240. À l'intérieur de l'hélicoptère, les deux soldats ne s'excitaient nullement, communiquant uniquement par bribes de phrases, voire par onomatopées:

«Vas-y... Tu l'as eu... Yep... Vise le camion... Derrière le camion... Y a-t-il quelqu'un dans le camion?... Non, il s'est réfugié derrière... Tu vois du mouvement? Tiens, il est là, juste à droite... Feu... Bute-le...»

Le conducteur du camion avait cru pouvoir se protéger derrière son véhicule. Les balles pulvérisaient le capot, le moteur, le pare-brise, et à nouveau des fragments phosphorescents vrillaient l'air, rebondissant à plusieurs mètres de distance. Il y eut alors quelques longues secondes de silence, seulement troublé par le chuintement électronique de l'enregistrement, et Gilles et Clay virent, une nouvelle fois, une tache blanche bouger à droite du camion. L'homme, ou ce qu'il en restait, tentait de s'enfuir, de trouver peut-être au creux d'un sillon un refuge où terrer sa souffrance. Le blessé ne rampait même pas, il roulait sur lui-même, ses membres brisés, à demi arrachés, décrivant de pathétiques arcs de cercle à chaque soubresaut. Il restait 228 balles dans le chargeur des deux canons quand le pilote lança:

«Il est touché, Roger. Bute-le...» Une dernière rafale pulvérisa l'avant de la camionnette, immobilisa définitivement le blessé agonisant au sol. Puis le silence, à nouveau. Il ne restait plus que 208 balles dans le chargeur. D'un ton calme, pilote et mitrailleur commentaient la scène tandis que la caméra balayait le champ.

«Donne-moi une vue d'ensemble... Vérifions encore une fois... Plus de mouvement ici... Là non plus...»

Le clip se terminait là, aussi abruptement qu'il avait débuté.

À l'effarement qu'ils avaient ressenti à leur premier visionnage venaient maintenant se mêler des sentiments contradictoires. L'envie d'en savoir plus, de comprendre comment et pourquoi ce film de quelques minutes était à présent téléchargeable par n'importe quel voyeur sur Internet. Et l'accablement de faire partie de l'espèce humaine, et de pouvoir observer cela, le décortiquer, s'en distancier suffisamment pour ne plus éprouver la nausée qui les avait saisis d'emblée.

– Fais voir tes mains, toi…

Thierry hésita, se rendit compte que c'était bien à lui que s'adressait Samuel, l'interne de chirurgie viscérale.

Il se fraya un chemin dans la salle de repos des infirmières, encombrée de chaises et des cartons qu'il devait ranger dans la réserve de la pharmacie.

– Comment tu t'appelles, déjà ?

– Thierry…

– Thierry, reprit l'interne en jetant un regard vers l'une des infirmières qui, chaise renversée en arrière contre le mur, finissait son café. Thierry… c'est bien toi qui envisages de faire médecine, c'est ça ?

Thierry acquiesça d'un signe de tête, sentit ses joues s'empourprer. Il avait eu le malheur, la veille, à son arrivée dans le service des urgences pour sa première garde de brancardier, de se laisser aller à quelques confidences auprès des aides-soignants qui l'épaulaient, et la nouvelle avait apparemment fait le tour du service.

– Montre un peu tes mains, Thierry.

Thierry obtempéra. L'interne plaqua la paume de sa

main contre celle de Thierry, laissa échapper un sifflement d'admiration, repris par ses collègues. Thierry eut même droit à quelques applaudissements fatigués.

– Mais dis donc, mon gars, t'as des doigts de pianiste…

– J'ai fait un peu de piano. Mais j'ai arrêté.

– C'est sacrément dommage quand on a de si longues mains… Mais enfin on ne peut pas tout faire. T'as quel âge, déjà ?

– Dix-sept ans.

– Dix-sept ans… Et tu veux faire médecine pour sauver des vizumêêênes, c'est ça ?

– Des quoi ?

– Des vizumêêênes, comme le docteur Greene et le docteur Carter à la télé, c'est ça ?

Thierry ne répondit pas. Il avait effectivement suivi toutes les saisons de la série *Urgences* à la télévision, et cette passion avait contribué à son désir de se lancer dans des études de médecine.

– T'as pas de honte à avoir, coupa une jeune infirmière brune. Moi j'ai vu tous les épisodes au moins une fois, et j'attends que ça sorte enfin en DVD.

– T'en as pas assez avec les gardes ? ironisa une autre. Faut encore que tu te tapes des comas et des hémorragies intestinales une fois que tu es tranquillement installée jambes en l'air sur ton sofa devant la télé ?

Des rires fusèrent, et quelques commentaires salaces. Samuel ne les écoutait plus, il s'était levé en entraînant Thierry :

– Viens, j'ai un boulot pour toi. Plus intéressant que de charrier des cartons.

– T'aurais mieux fait de garder tes mains dans tes poches, prévint un aide-soignant.

L'interne referma la porte derrière lui, coupant court aux éclats de rire.

– Tu veux faire médecine, c'est ça, hein... Et tu te retrouves à trimballer des fauteuils roulants et des cartons... Heureusement, j'ai un vrai boulot pour toi, un boulot de médecin.

Thierry le suivit dans le couloir des urgences, le précéda dans une salle de soins. Dans un box, un vieil homme édenté, le regard vide, couché sur un brancard sous un drap douteux, fixait le plafond sans broncher. L'interne se posta au pied du lit :

– Monsieur Grundeler, quatre-vingt-deux ans. Alzheimer, Parkinson, et tout un tas d'autres maladies qui ont rendu des collègues célèbres en leur temps. Mais ce n'est pas ce qui nous préoccupe. Monsieur Grundeler nous a été adressé par sa maison de retraite pour déshydratation, c'est pour ça qu'on lui a posé une perfusion. Et, comme ses prises de sang ont révélé diverses anomalies, je lui ai fait faire une radio de thorax et un ASP... Abdomen sans préparation, OK ?

– OK... dit Thierry en observant les radiographies que l'interne plaquait maintenant contre le négatoscope de la pièce.

– Ce dont il faut que tu te souviennes, c'est que, lorsque les rayons X traversent de l'air, rien ne les arrête. Donc ils frappent le film radiographique et le noircissent, OK ? Au contraire, plus ils traversent une matière dure, moins ils impriment le film radiographique derrière, OK ? Autrement dit, plus c'est blanc sur le film, plus les tissus traversés sont denses. Les os sont en blanc, les poumons sont en noir ou en gris sombre suivant la corpulence du patient et sa masse, OK ?

Thierry acquiesça, tâchant d'enregistrer ce cours impromptu de radiologie.

– Est-ce que tu remarques quelque chose sur sa radio de thorax ?

– Je ne sais pas, la masse blanche là, à gauche..

– C'est son cœur, mon vieux. Allez, je te facilite les choses. Sa radio de thorax est normale. Jette un œil sur l'ASP en te souvenant de ce que je t'ai dit.

– Je ne sais pas. On voit les os de la colonne vertébrale, du bassin…

– Très bien.

– Et puis les masses sur chaque côté, ce sont les reins ?

– Pas mal du tout pour un pianiste… Tu ne vois rien d'autre ?

Thierry hésita :

– Je ne sais pas… En bas, là, il y a une masse plus opaque… C'est sa vessie ?

– Ah non, tu n'es pas tombé loin mais ce n'est pas sa vessie. Je t'accorde quand même le point, parce que c'est toi. Tu gagnes ce magnifique lot de gants de vinyl taille 8-8 1/2, et un tube de cette magnifique vaseline officinale que le monde entier nous envie. Enfile les gants.

Thierry resta d'abord interdit, et l'interne répéta l'injonction. Lorsque Thierry eut obtempéré, Samuel se tourna vers la radio accrochée au mur :

– Ce que tu vois là, cher futur confrère, c'est ce qu'on appelle un fécalome. Une masse de matières dures bloquée dans l'ampoule rectale de monsieur Grundeler. C'est pour ça qu'il est un peu grognon depuis quelques jours et qu'il ne s'alimentait plus. Ta mission, Thierry aux doigts de fée, c'est, un peu à l'image des héros de *Star Trek*, d'aller là où la main de l'homme n'a jamais posé le pied, et de dégager monsieur Grundeler, du bout des doigts. Ne me remercie pas, c'est tout naturel.

Thierry ouvrit la bouche pour protester, mais Samuel avait déjà refermé la porte.

Ils avaient vu, l'un et l'autre, des hommes mourir. Pas à travers le viseur d'une caméra, ni à distance, sur un écran de télévision. Après son séjour en Bosnie, dont il n'avait parlé à personne, ni à son frère Éric, ni au psychiatre des armées qui l'avait maintenu sous observation pendant trois mois, Gilles était parti couvrir le conflit tchétchène, et y avait vu une population civile massacrée par les troupes russes s'enfoncer elle-même plus avant dans le sanglant manège des attentats terroristes et des atrocités diverses, la vengeance des uns attisant le désir d'annihilation des autres. Clay, lui, avait parcouru l'Afrique, vécu la débâcle américaine en Somalie, le génocide rwandais, puis les conflits ethniques au Soudan, avant d'être envoyé par *Time* à Bagdad, où il avait vu l'euphorie de la rapide victoire des coalisés se muer en incompréhension puis en horreur au fur et à mesure que s'amoncelaient les morts civils irakiens et les pertes militaires américaines. Ils avaient vu des hommes mourir, tout près d'eux, et pourtant quelque chose dans ce petit film à la définition médiocre, à la sonorisation défaillante, leur retournait le cœur. L'existence même de ce clip, sa diffusion sur Internet les avaient intrigués. Ils avaient d'abord imaginé qu'il s'agissait d'une bande piratée, d'un document qu'un soldat américain, déserteur ou tout simplement écœuré par le bourbier dans lequel le gouvernement américain avait enlisé son armée, avait choisi de diffuser pour montrer, derrières les belles paroles et les appellations politiquement correctes, la vérité du conflit sur le terrain.

Mais la réalité était plus simple, et plus étrange encore. L'armée américaine elle-même avait diffusé ce film. D'abord en interne, pour l'édification de ses troupes, lors des «drill sessions». Puis à la télévision américaine, par l'intermédiaire de la chaîne ABC. Le film, apparemment, était censé servir d'avertissement sans frais aux insurgés irakiens afin de bien leur préciser quelle puissance de feu ils affronteraient s'ils s'avisaient de brandir des armes devant les forces US. Un film de propagande et d'intimidation, en somme, qui mettait en scène la mort de trois hommes, hors de tout contexte, et révélait au monde ébahi que la dernière superpuissance mondiale était capable de cautionner un crime de guerre, et d'en faire la promotion sur les chaînes télévisées.

Gilles et Clay en avaient longuement débattu, après avoir parcouru sur Internet les centaines de pages de commentaires délivrés par des internautes du monde entier, fervents sympathisants de la «guerre contre le terrorisme» ou pacifistes viscéralement opposés à l'«invasion américaine».

Les opposants parlaient de «crime de guerre», de «crime contre l'humanité», invoquaient la convention de Genève, qui stipule, dans son article 12, qu'il est interdit de porter atteinte à un combattant réduit à l'incapacité par blessure ou par maladie, de le tuer ou de l'exterminer. Ils questionnaient ouvertement la nature de la cible choisie par l'équipage de l'hélicoptère Apache. Certains d'entre eux disaient n'avoir vu là que trois paysans vaquant à leurs affaires dans un champ, cruellement massacrés par l'armée US. L'objet oblong que l'homme avait extrait de la camionnette devenait, à les en croire, un matériel d'irrigation, ou une série de piquets destinés à guider le tracteur. Les partisans de l'intervention armée mettaient en pièces leurs allégations, expliquant, du haut de leur expertise militaire, que l'objet en question était un lance-roquettes ou RPG « Rocket-Propelled Grenade », et qu'il était courant pour les « terroristes » irakiens, après avoir tiré de nuit sur les campements américains, de cacher les RPG dans les champs pour échapper aux contrôles routiers, afin de les récupérer et de les réutiliser ultérieurement. Ce qu'ils avaient vu, disaient-ils, était une manœuvre militaire conforme aux règles de l'art, qui avait probablement évité bien des morts US. Quant à l'innocence éventuelle du paysan pulvérisé à la descente de son tracteur, ou à la mise à mort d'un combattant blessé, ni l'une ni l'autre ne semblaient provoquer chez eux le moindre remords.

« Même si c'était juste un exercice de tir, ce que j'ai vu sur cette vidéo ne me pose aucun problème », écrivait Kate.

« Ces Irakiens étaient au mauvais endroit au mauvais moment. On n'a qu'à les faire frire comme ils ont tué nos frères le 11 septembre, et que Dieu retrouve les siens », répondait Ardie. « Cette vidéo, si troublante qu'elle puisse être pour certains, est la preuve d'un incident qui a SAUVÉ DES VIES, assenait un sergent de la marine US. Eh si les pilotes avaient tort et que ces types étaient vraiment des fermiers... eh bien, merde... c'est un dommage collatéral, prenez-en votre parti, ça arrive ! La guerre n'est pas un pique-nique pour boy-scouts. Si vous vous trouviez dans une machine de mort à un million de dollars, une cible de choix pour les roquettes irakiennes, vous auriez tellement les foies que vous n'hésiteriez pas à tirer si un mec au sol faisait seulement mine de vous viser avec un bâton pointu. »

Robert, malgré une orthographe parfois défaillante, résumait bien le sentiment des pro-guerre : « Jesui fier que nos garçons fassent un bon job en Irag. Cette vidéo montre des iraguiens en train de faire ceux qui sont pas supposés faire et le payer avec leurs vies. Souvenez-vous que on a juste tué des stupides iraguiens qui croivent qu'ils peuvent se battre contre nous. »

Et comme le laissait entendre Evil American : « Vous, les pacifistes de mes couilles, vous pouvez raconter ce que vous voulez sur votre putain de convention de Genève et sur le fait d'exploser des "résistants", mais BON DIEU ces hélicos Apache font un sacré boulot ! Avec ces canons de 30 millimètres, n'allez pas me dire que vous ne ressentez pas un sacré frisson quand vous voyez votre ennemi pulvérisé en miettes. »

Gilles avait lu ces derniers mots et s'était immobilisé un moment. Sans effort conscient de sa part, un visage était apparu à son esprit, le visage d'un ami d'Éric qu'il avait perdu de vue depuis des années. Comment s'appelait-il déjà ? André ? Andreas… C'était cela, Andreas. À son retour de Bosnie, Gilles, cherchant à joindre Éric au téléphone, avait eu un instant Andreas au bout du fil. L'avidité avec laquelle celui-ci avait tenté de lui tirer les vers du nez, de savoir si Gilles avait vu des morts, ou avait été amené à combattre et tuer… Cette avidité l'avait écœuré et marqué, quand bien même leur conversation n'avait duré qu'une poignée de secondes. Lisant et relisant ces quelques lignes, Gilles eut l'intuition que, peut-être, le monde se scindait en deux groupes : ceux, comme lui, comme Clay, dont la vision de trois hommes déchiquetés dans un champ soulevait le cœur, bouleversait l'âme ; et ceux, comme l'abruti planqué derrière le pseudonyme d'Evil American, comme Andreas, dont cette vision comblerait les espérances les plus inavouables. Les services de propagande de l'armée US, songea-t-il, n'avaient pas diffusé ce clip aux allures de jeu vidéo morbide par hasard. Au-delà du tollé qu'il aurait normalement dû susciter dans les médias du monde entier, le film s'adressait directement à cette frange de la population, composée de sociopathes en tout genre, que la représentation de la mort d'autrui excitait secrètement.

Gilles sentit alors qu'il était au bord d'une révélation, d'une idée jusque-là impensée parce que insensée…

Le téléphone sonna, l'arrachant à sa rêverie, temporairement au moins. Clay répondit, un bref échange de quelques phrases, puis raccrocha :

– Demain, dix heures du soir. Ils nous attendront sur la route de la base américaine d'Al-Sad.

Éric s'était encore réveillé avec leurs visages en tête. Il était resté allongé dans sa chambre obscure, sans bouger, le temps que leur souvenir se dissipe. Le temps de réintégrer le monde dans lequel il était condamné à vivre. Il jeta un œil au radio-réveil. Il était à peine neuf heures, et en ce premier jour des vacances d'été, il aurait pu s'offrir une grasse matinée bien méritée… Mais la crainte de replonger dans ses rêves, d'y retrouver Jürgen Messer et ses camarades de la division Thaelmann l'en dissuada. Il ne les avait jamais vraiment quittés, voilà la vérité. Il n'avait jamais fait le deuil de ses compagnons, et de son aventure espagnole. Quelque chose en lui était mort à Boadilla Del Monte, où il s'était battu pour la première fois, où il avait tué pour la dernière fois.

Peut-être, s'il avait pu en parler à quelqu'un, exprimer ce qu'il ressentait… peut-être les rêves se seraient-ils espacés au fil du temps… peut-être se seraient-ils estompés, auraient-ils perdu de leur intensité, pour devenir ce que deviennent les souvenirs, un patchwork d'images fanées, que le temps teinte graduellement en sépia. Mais à qui parler de cela ? À qui dire la culpabilité d'avoir survécu, d'être resté le seul combattant républicain debout dans les ruine de Boadilla Del Monte ? Ils avaient tenu la ville, ils étaient morts pour elle, pour éviter la chute de Madrid, la retarder de quelques jours. Il fermait les yeux, et revoyait leurs visages. Ses yeux se brouillaient de larmes, son cœur se serrait. Cette vie-là, qu'il avait endossée l'espace de quelques minutes seulement, lui semblait, au moment de sombrer dans le sommeil, plus présente, plus prégnante que la vie de tous les jours. Il n'y était plus le spectateur passif d'événements le dépassant, mais un protagoniste actif, un homme qui avait pris les armes pour défendre ses convictions. Un homme, Esmond Romilly, qui avait mis sa vie en jeu au service d'un idéal de liberté. Et qui avait tué. Dans ses cauchemars, Éric revenait sans cesse à ce moment crucial où, seul dans la tour de l'église en ruine du village, il avait affronté Andreas et vaincu le Dragon. Pendant quelques secondes, tandis que la brûlure du lance-flammes calcinait sa main, il avait plongé ses yeux dans les yeux d'Andreas, avait vu l'expression de jouissance de son adversaire se muer en incompréhension, puis en terreur abjecte comme les flammes l'enveloppaient, volatilisant ses sourcils, ses cheveux, ses paupières… Par réflexe, Andreas avait ouvert la bouche pour hurler, et les flammes, comme si elles n'avaient attendu que cela, s'étaient lovées à l'intérieur, embrasant sa langue, ses narines, ses poumons. Son corps agité de soubresauts grotesques avait basculé dans l'escalier de la tour pour finir deux étages plus bas sous une traînée de flammes et de cendres. Éric l'avait tué. Il l'avait pris par surprise, et il l'avait tué. Et, bien qu'il se fût agi d'un jeu, bien qu'il sût pertinemment qu'Andreas n'était pas vraiment mort... cette mort-là n'avait rien à voir avec ces dizaines de jeux au cours desquels il avait massacré des êtres virtuels, à bord de vaisseaux spatiaux en perdition ou le long de sombres corridors poussiéreux dans d'obscures nécropoles.

Chacun de ces jeux pourtant semblait l'avoir préparé à ce moment.

Lui avait appris à garder la tête froide, à mesurer ses chances, à saisir le mince créneau d'opportunité lors d'un combat, l'instant où l'adversaire baisse la garde, recharge son arme, se révèle pour quelques fractions de seconde vulnérable. Il avait pris un risque calculé, dans le clocher de l'église de Boadilla del Monte, et il avait gagné. Mais cette fois-ci c'était différent. Cette fois-ci, il n'était plus possible de s'illusionner, de prétendre qu'il n'avait rien fait d'autre que pulvériser quelques malheureux pixels. Il avait vu mourir le soldat allemand, il avait suivi sa chute. Il avait su, malgré la douleur irradiant tout le long de son bras, le clouant sur place, qu'il serait impossible de revenir en arrière. Qu'il avait tué un homme, et qu'il n'y avait pas moyen d'effacer ce souvenir, de revenir à une ancienne sauvegarde et de recommencer la partie.

Ainsi, tuer, c'était cela.

Ce moment d'intense jubilation, suivi presque immédiatement de nausées qui l'avaient plié en deux, le contraignant à expulser sur le sol jonché de gravats un reflux de bile acide, brûlante. L'odeur de chair grillée emplissait ses narines, les larmes et la morve embuaient ses yeux. Il s'était relevé, péniblement, tandis que la petite fille qu'il avait tenté de protéger, bouche bée, se faufilait dans l'escalier à son tour pour aller chercher des secours. Avait descendu les marches, lentement, pour se forcer à contempler son œuvre. Un cadavre calciné, dont les membres supérieurs recroquevillés, transformés en moignons, fumaient encore. Le lance-flammes avait embrasé tout le haut du corps d'Andreas, ne laissant intactes, d'une manière aussi grotesque qu'horrible, que le bas de la tunique du soldat et ses jambes bottées de cuir, comme si son humanité avait été effacée d'un coup de gomme noire, charbonneuse. C'est moi qui ai fait ça. C'est ce que je voulais faire, et je l'ai fait. J'ai tué cet homme. C'était bien différent du sentiment d'exaltation qu'il ressentait en jouant à *Half-Life* ou à *Far Cry*, fauchant une escouade de marines d'une rafale de mitraillette ou nettoyant une pièce pleine de mercenaires armés jusqu'aux dents à coups de grenade à fragmentation. Passé la poussée d'adrénaline, ses jambes tremblaient, il devait se retenir de ne pas faire sous lui, le simple fait d'être encore debout quand tant d'autres, amis, ennemis, étaient morts autour de lui, l'horrifiait.

Il avait eu le temps, au fil de ses cauchemars, de revivre cent fois cette scène, d'éprouver à nouveau, cent fois, ce sentiment atroce de dégoût de soi. Qui le poursuivait encore aujourd'hui lorsqu'il cédait aux demandes de Khaled et s'essayait, quelques minutes durant, au tout dernier jeu de tir paru. Il se débrouillait pour viser à côté, sauter sur une mine, voire envoyer une roquette contre un mur proche pour s'auto-éliminer au plus vite. Puis, prétextant le manque d'intérêt ou la maladresse, Éric laissait la manette ou le clavier à Khaled. Le regarder jouer, des heures, tandis qu'ils échangeaient quelques paroles décousues, lui servait de thérapie. Lui permettait de se désaccoutumer du jeu, de ne pas ressentir de frustration.

Ne plus jamais se retrouver dans une telle situation, ne plus jamais affronter un autre être humain les armes à la main, voilà ce qu'il s'était juré. Et voilà aussi pourquoi il avait fait semblant de ne pas comprendre les allusions de Thierry, de ne pas en saisir le sens. Andreas aurait rejoué à l'«Expérience Ultime»? Et alors? Il serait... retourné là-bas? Le Jeu l'aurait... emprisonné? Éric avait utilisé toutes les armes à sa disposition, l'indifférence, l'incrédulité, l'ironie, pour forcer Thierry à abandonner cette chimère. Il ne jouerait plus jamais, et surtout pas au Jeu.

La découverte du saccage de sa cave, du vol de son vieil ordinateur avait fait office de délivrance. Éric n'avait plus besoin de justifier son refus, car il n'existait plus aucun moyen de retourner... là-bas. Où qu'ait échoué Andreas, il n'existait plus aucun moyen de le suivre, ni de le ramener. L'affaire était close, la discussion terminée. Déchargé du poids des reproches voilés de Thierry, Éric pouvait même prétendre s'intéresser à nouveau à cette histoire. Satisfaire les velléités de Thierry en pratiquant quelques recherches de base sur le Net. Il serait toujours temps ensuite de regretter l'impossibilité dans laquelle ils se trouvaient de dépasser le stade des hypothèses et d'agir. Au moins se seraient-ils tous deux donné l'illusion d'avoir essayé...

Il s'extirpa de ses draps, s'assit, encore nu, à sa table, et alluma son ordinateur, pour être confronté à son fond d'écran. Une photographie datant d'il y a deux ans. Gilles et Elena venaient d'emménager dans leur appartement parisien. Un de leurs amis les avait immortalisés trônant au milieu des cartons. Thierry et Khaled faisaient les pitres dans un coin, Éric brandissait une bouteille de champagne tandis que Gilles et Elena croisaient leurs coupes.

Éric tapota sur le clavier, lança son navigateur Internet sans prêter attention à cette image d'un bonheur enfui.

« Vous avez sept e-mails », annonça une voix faussement enjouée lorsque sa connexion au réseau s'établit enfin.

Il effaça une demi-douzaine de pourriels qui encombraient sa messagerie : offres mirifiques de rapatriement de fonds au Nigeria effectuées depuis le coffre-fort d'une ambassade par une jeune orpheline assiégée, publicités pour des voyages dégriffés, pages d'annonces de sites pornographiques toujours plus crades et inventifs. Au milieu de cette marée nauséabonde, un message de Gilles. Éric sentit la chaleur lui monter aux joues, son cœur battre plus fort. *Pourvu qu'il ne lui arrive rien...* Il avait le sentiment confus d'avoir trahi son frère, même s'il ne s'était rien passé, ou si peu de chose qu'il avait pu jusque-là éviter même d'y repenser. D'un doigt tremblant, il ouvrit l'e-mail au titre sibyllin : « Dernières nouvelles du front. » Et découvrit qu'il s'agissait en fait d'un mail d'Elena, depuis leur ordinateur commun. En déplacement, Gilles utilisait une autre adresse. Il lut :

« Éric,

j'espère que tu vas bien. Gilles m'a téléphoné hier soir. apparemment, il est sur "un gros coup". Il essaie toujours de paraître détaché quand je l'ai au téléphone, mais j'ai bien senti son excitation. Ça me fait toujours un sale effet quand je l'entends comme ça, parce que je sais que c'est sa manière de vivre, d'agir, et que je ne peux ni ne veux la partager. C'est un autre monde pour moi, un monde auquel j'ai pensé échapper en quittant mon père et ma terre natale pour venir vivre en France, et pouvoir laisser derrière moi tout cela, les guerres, les atrocités des hommes... tout cela auquel Gilles, sans le vouloir, me ramène sans cesse. J'ai vécu pendant deux ans en zone de guerre, et aujourd'hui, alors que j'aspirais à vivre dans un pays en paix, je me retrouve dans la situation d'une femme de marin, d'une compagne de soldat, parti au front pour je ne sais combien de temps. Tout ce que vit Gilles, tout ce qu'il écrit sur son weblog, tout ce après quoi il court, jour après jour, m'angoisse. J'aime Gilles, tu le sais. Mais parfois, aimer n'est pas assez. Je voudrais que tu comprennes ça et que tu ne te méprennes pas sur notre conversation de l'autre jour. Il y a quelques années, lors de cette histoire avec Andreas... Nous étions dans la rue et tu m'as embrassée. Je t'ai dit, je ne sais pas si tu t'en souviens... je t'ai dit que je te trouvais charmant ou quelque chose comme ça. Je te voyais comme un gamin, quelqu'un qui n'avait pas vécu les mêmes horreurs que moi... Je me rêvais en rebelle, en indomptée, et c'est ce côté-là de ma personnalité qui a attiré Gilles, et qui m'a attirée vers lui. Je l'aime, est-ce que tu peux comprendre ça parce que je ne le comprends pas moi-même. Je l'aime mais parfois l'amour n'est pas assez. Désolée de notre rendez-vous avorté de l'autre jour. J'espère que nous aurons l'occasion de poursuivre notre conversation.

Bien à toi,

LNA qui TM. »

Il relut l'e-mail, jusqu'à le connaître par cœur, l'archiva avec mille précautions, le rappela une nouvelle fois à l'écran pour s'assurer qu'il ne rêvait pas.

Dans le couloir, il entendit sa mère tousser. Il se couvrit d'une serviette qui traînait et, revenant à sa résolution antérieure, tapa le nom d'un moteur de recherche. Puis, sans réfléchir, sans presque y penser tant l'image d'Elena l'obsédait, il inscrivit : « rafle juif Vel d'Hiv ». Sans aucune idée des conséquences de son acte.

– Avec quoi vous-êtes vous fait ça ? demanda l'interne de chirurgie en désignant la plaie.

L'homme d'une soixantaine d'années allongé sur le brancard dans le box des urgences releva sa main blessée, inspecta à son tour la profonde balafre qui entaillait sa paume.

– Vous n'allez pas me croire... Je me suis fait ça avec une carte graphique...

– Une carte graphique ?

Profitant d'un moment de répit, Thierry s'était posté derrière l'épaule de Samuel pour assister à la suture. Il n'avait pu s'empêcher de marquer son étonnement.

– Oui, une carte graphique. La dernière NVidia qui vient de sortir... Je ne sais pas comment j'ai réussi mon compte... J'ai forcé pour la mettre en place, ma main a ripé à l'intérieur de l'unité centrale et je me suis entaillé jusqu'à l'os, apparemment.

– Vous n'auriez pas fait mieux avec une machette, monsieur, ironisa Samuel. C'est du beau travail, propre et net.

– Vous allez devoir m'endormir ?

– Oui, monsieur. La plaie a l'air très propre, mais il me faudra absolument l'explorer.

– L'explorer ?

– Il faut que j'en observe les berges, que je vérifie l'intégrité des artérioles, des filets nerveux. Ça va nécessiter une anesthésie générale.

– Je pourrai reprendre demain ? demanda l'homme d'un ton inquiet.

– Avec cette main ? Il ne faut pas rêver, monsieur. Il vous faudra une bonne quinzaine de jours avant de pouvoir vous en resservir. Et il faudra changer le pansement régulièrement, tous les deux jours la première semaine.

– Mais est-ce que je pourrai travailler ? Je vais avoir une grosse quinzaine, là…

– Ça dépend. Qu'est-ce que vous faites, monsieur ?

– Je suis propriétaire d'une salle de jeux électroniques. J'ai commencé il y a quelques années avec des flippers, des jeux d'arcade… Mais au fil des années j'ai viré tout ça pour monter une salle de jeux en réseau… J'ai une flotte de dix-huit Pentium IV, que je mets à niveau régulièrement pour offrir le nec plus ultra à mes joueurs. D'où l'accident…

– Avec la carte graphique, c'est ça ? demanda Samuel.

– Oui. Je vais recevoir le nouveau *Doom* la semaine prochaine. *Doom 3*.

Thierry frissonna inexplicablement. Samuel, lui, se contenta d'une moue interrogative.

– Vous ne connaissez pas *Doom* ? s'étonna le blessé.

– Si c'est un jeu vidéo, je plaide coupable, avoua Samuel. Je n'ai jamais été attiré, et je n'ai jamais eu le temps non plus.

– Oui, c'est sûr, acquiesça l'homme. C'est un hobby qui consomme énormément de temps. Moi-même, il m'est arrivé de jouer plus de huit heures par jour… Alors évidemment, vous, docteur, avec la charge des études de médecine…

– Non, ce n'est pas ça, démentit Samuel. Mais tout le reste… L'alcool, la cocaïne, les femmes… Ce n'est pas une sinécure d'être interne en chirurgie, et doté d'un physique parfait tout entier fait pour l'amour…

Dans le box voisin, une infirmière lança :

– Non mais qu'est-ce qu'il ne faut pas entendre !

Samuel hocha la tête, puis, sur le ton de la confidence :

– Vous voyez… Ce sont de vraies tigresses. Parfois j'ai l'impression que seul mon corps les intéresse.

L'homme rit de bon cœur. Samuel se retourna vers Thierry :

– Tiens, puisque tu es là… tu veux bien téléphoner au 2e D et demander s'il leur reste une chambre pour monsieur…

– Raymond. Raymond Boutard.

– Et prévenir l'anesthésiste afin de prévoir un bloc vers dix-huit heures.

Thierry acquiesça, secrètement ravi de la confiance que lui témoignait l'interne. La libération du fécalome de monsieur Grundeler, si pénible et répugnante qu'elle ait été, avait constitué une sorte de test pour Samuel. Lorsqu'une heure plus tard il avait retrouvé Thierry, livide, prostré sur un banc dans l'arrière-cour des urgences, l'interne était venu s'asseoir auprès de lui :

– Pas très ragoûtant, hein, comme première expérience…

– Je crois que je ne suis pas fait pour ça, avait murmuré Thierry en serrant les dents pour réprimer un nouveau haut-le-cœur. J'ai dû vomir quatre fois en une demi-heure.

– Au contraire, avait répondu Samuel. C'est le métier qui rentre. Peu de gens seraient capables de faire ce que tu as fait. Et si ignoble que ç'ait pu te paraître, tu as sauvé la vie de cet homme.

– Ne vous foutez pas de moi, en prime, s'il vous plaît, avait grogné Thierry.

– Je ne me fous pas de toi, avait lâché Samuel. Si tu n'avais pas réussi à le libérer au doigt, il nous aurait fallu l'opérer. À son âge, et dans son état, une anesthésie générale constitue un gros risque. Tu lui as *vraiment* sauvé la vie…

Samuel avait tourné les talons, laissant Thierry recroquevillé sur son banc, en proie à des sentiments contradictoires. Cela avait été le début, timide, d'une relation de confiance mutuelle, Thierry tâchant quand c'était possible de s'attacher aux basques de l'interne, et Samuel n'hésitant jamais à se montrer pédagogue envers cet apprenti inattendu.

– Et vous, *Doom*, ça vous dit bien quelque chose, quand même ? demanda le blessé à Thierry quand Samuel eut quitté le box.

– *Doom* ! Oui, bien sûr, monsieur… J'ai beaucoup joué… et encore maintenant. Mais ce n'est pas mon type de jeu préféré.

– Tous les goûts sont la nature, admit Raymond Boutard. Mais moi je n'oublierai jamais le jour où j'ai installé *Doom* sur mon premier ordinateur, il y a… pfffffttt, le temps passe vite… une bonne douzaine d'années. J'avais quoi… un 486 DX 33… À l'époque, c'était une Rolls. Aujourd'hui, tu ne pourrais même pas installer un tableur dessus… J'ai mis les disquettes dans la fente… Encore un truc qui a totalement disparu… J'ai installé… et j'ai commencé à jouer…

La voix de Raymond Boutard se faisait lointaine. Le même sentiment angoissant d'étrangeté saisit Thierry à nouveau, sans qu'il pût en déterminer l'origine. Était-ce lié au souvenir d'Andreas, qui n'avait jamais juré que par *Doom*, dont l'ultra-violence avait un temps assouvi sa passion pour les armes ?

– Je n'avais jamais vu un jeu comme celui-là, un jeu aussi… immersif, comme on dit maintenant. Brusquement, je me suis retrouvé plongé dans cet univers bizarre, avec pour seul équipement une veste et un pistolet automatique. Quand les premiers monstres ont surgi, là, au sommet de ce petit escalier, j'ai sursauté. Jamais je n'avais vu un truc pareil… Je n'ai pas arrêté de jouer depuis… Et même si les jeux sont devenus chaque année plus sophistiqués, je n'oublierai jamais le choc de cette révélation.

Raymond Boutard souriait, perdu dans ses souvenirs, semblant faire totalement abstraction de sa main blessée. Thierry s'était levé, cherchait le numéro du bureau des infirmières du 2D comme le lui avait demandé Samuel quand le blessé ajouta :

– Je sais ce que tu penses… Ça doit te sembler incroyable de voir jouer un « vieux » comme moi. Mais ce n'est pas aussi rare que l'on croit…

Thierry se tourna pour lui répondre, quand brusquement se superposèrent au visage de Raymond Boutard les traits d'un homme un peu plus âgé, un homme abattu, fatigué, cloîtré derrière le comptoir de sa boutique dans une ruelle de Londres.

« Aucun adulte ne voudra nous croire. » C'étaient les mots qu'avait employés Éric, et Thierry lui-même n'en avait jamais douté. L'un comme l'autre avaient estimé qu'aucune « grande personne » n'accorderait jamais foi à leur aventure s'ils se hasardaient à en parler. Comment avaient-ils pu être aveugles à ce point ? S'il existait sur la planète un homme capable de recevoir leur expérience et de la comprendre, c'était bien le vieillard dans la boutique de Londres, l'homme qui leur avait tendu la boîte du Jeu Ultime avec insistance, lâchant dans une dernière injonction : « Jouez avec votre ami, surtout. S'il n'est pas trop tard. » Ce vieil homme vêtu d'un chandail grenat passé sur une chemise élimée, somnolent derrière sa caisse enregistreuse, avait été leur passeur. Celui qui leur avait donné la clé d'un autre univers, un univers de guerre et de fureur dans lequel ils avaient failli se perdre. Dans lequel Andreas s'était perdu. Comment, pendant toutes ces années, l'idée ne les avait-elle pas même effleurés ? Cela semblait tellement évident. Et tellement plus facile, aujourd'hui, quand Thierry, comme Éric, bénéficiait, du fait de son âge, d'une certaine liberté de déplacement et de quelques économies. Il lui suffisait d'acheter un billet d'Eurostar, de faire l'aller-retour à Londres dans la journée… Il n'était même pas nécessaire d'être accompagné, ni d'en faire part à ses parents. Le surlendemain, Thierry avait une journée de repos. Qu'est-ce qui l'empêchait de prendre le premier train, et d'aller sur place, Upper Tollington Court Road, demander des explications au vieil homme de la boutique ?

– Ça ne va pas? répéta Raymond Boutard pour la troisième fois, perçant enfin les brumes qui enserraient le cerveau de Thierry.

– Si… si… ça va…

– Pendant un moment, sourit l'homme, j'ai cru que tu avais vu un fantôme.

Thierry ne lui dit pas que, d'une certaine manière, c'était vrai.

Personne n'avait rien vu. Personne, ou presque. Personne, en tout cas, qui possédât un appareil photo et fût prêt à l'utiliser au nez de la police. Après deux heures de recherche sur le Net, Éric n'avait trouvé que deux photographies de la rafle du Vélodrome d'Hiver. L'une, reproduite en couverture d'un livre-document intitulé *La Grande Rafle du Vel d'Hiv*, montrait plusieurs dizaines de personnes, essentiellement des femmes, assises à même le sol ou debout, appuyées contre une barrière, sous ce qui devait être le dôme d'un immense bâtiment, du plafond duquel pendaient de grandes appliques lumineuses. Éric crut distinguer des gradins, une piste centrale qui devait être celle du Vélodrome d'Hiver, un grand circuit couvert de course cycliste. Impossible de reconnaître un visage sur ce cliché. Des figures anonymes, figées dans l'attente. Un seul mouvement décelable, celui d'une femme coiffée d'un chapeau, tenant fermement un sac dans sa main droite, qui semblait se pencher vers le sol pour ramasser quelque chose, et dont l'objectif avait flouté le geste. Après avoir étudié la photographie pendant une bonne demi-heure pour tenter d'y discerner un indice, Éric tomba sur un article du journal *Libération* datant du 16 juillet 2002, pour le soixantième anniversaire de la rafle, et y apprit que cette photographie, longtemps considérée comme la seule de la rafle, représentait en fait des collaboratrices internées après la guerre. La seule image vraie de la rafle, apparemment, était un cliché noir et blanc anonyme conservé à la Bibliothèque historique de la Ville de Paris. On y voyait, sur la droite, les murs et l'entrée principale d'un gigantesque bâtiment. Au-dessus d'une guirlande de couronnes gravées dans la pierre, un seul mot lisible, « PALAIS ». « PALAIS DU VÉLODROME D'HIVER », probablement. Garés le long du bâtiment, cinq autocars, semblables à ceux que Thierry avait patiemment étudiés sur la reproduction de l'écran de jeu d'Andreas Sur le trottoir d'en face, un homme chapeauté marchant, de dos. Et sur le pavé encore luisant de pluie, un homme à vélo. La photographie, muette, ne laissait pas indifférent. Sur le plan purement formel, elle possédait un certain charme, lié à son ancienneté et à la composition géométrique obtenue par le photographe. Sur le plan émotionnel, c'était autre chose. La ligne d'horizon, marquée par le toit d'un immeuble dans une rue perpendiculaire, les ornements un peu ridicules de la façade du Vel d'Hiv, l'alignement des autobus aux vitres sombres, le personnage énigmatique de l'homme au chapeau noir (peut-être un commissaire de police, présent sur les lieux au petit matin, venu s'assurer du bon déroulement des opérations), tout conspirait à créer un sentiment de malaise. On aurait dit, songea Éric, le décor d'une tragédie, peu avant le lever du rideau. Un décor savamment orchestré autour de la gueule noirâtre du Vel d'Hiv, antichambre d'une crypte sacrificielle. Plus Éric contemplait cette photographie, plus son trouble grandissait. Et ce qu'il lisait, entre les lignes, du mécanisme de la rafle, des conditions de détention des victimes, tout cela provoquait en lui une insondable répugnance. Si Thierry voyait juste (et au fond de lui-même Éric n'en doutait pas), c'est ce décor sinistre qu'Andreas avait choisi comme terrain de ses derniers exploits. Sciemment, il avait choisi de se réincarner dans l'Expérience Ultime au cours de la rafle du Vel d'Hiv. Quelle dose de cynisme, de haine, de cruauté fallait-il receler pour programmer une telle sélection, pour accepter, parmi les multiples possibilités offertes par le Jeu, justement celle-ci ? Éric connaissait assez Andreas pour ne pas douter du rôle que celui-ci avait probablement endossé. Entre bourreau et victime, Andreas n'avait sans doute pas hésité une seconde. Cela avait toujours été son désir secret, son seul mode de relation aux autres : prouver sa supériorité, l'affirmer par tous les moyens, un humour dégradant, une brutalité à peine dissimulée sous le couvert du divertissement, un sadisme latent. Toutes « qualités » que le Jeu avait exacerbées, portées à leur paroxysme, comme s'il n'était qu'un simple révélateur de ce que chacun portait en lui.

Thierry avait acquis au contact du Jeu une sagesse parfois effrayante, qui désarçonnait Éric. On eût dit qu'il avait déjà vécu une vie avant celle-ci, qu'il avait déjà fait ses choix et pris la décision consciente d'affronter les conséquences de ses actes, alors qu'il n'était pas encore sorti de l'adolescence. Éric, quant à lui, avait vu ses rêves d'héroïsme guerrier mis à nu, s'anéantir ses fantasmes d'enfance pleins de princesses à secourir, d'orphelins à sauvegarder à la pointe de l'épée ou mitraillette au poing.

Et Andreas, enfin, s'était vu offrir une place de choix au Cirque des Atrocités de l'Histoire, et l'avait saisie.

Mais quelque chose avait mal tourné, Éric en était certain. Le Jeu n'offrait rien gratuitement, comportait ses propres règles, ses appâts et ses traquenards. Thierry avait dû affronter la mort pour acquérir cette nouvelle maturité. Éric avait failli s'y brûler les ailes. Et Andreas avait été happé par le Jeu. Attiré par ses obsessions, et piégé par elles.

D'où provenait donc l'intention de Thierry de lui porter secours, de le délivrer de ses propres démons ? Quand bien même ils en auraient eu la possibilité, pourquoi sauver Andreas, quand tant d'autres, innocents, n'avaient pas eu cette chance ?

« Parce que nous représentons sa seule chance », aurait dit Thierry.

– C'est con pour lui, murmura Éric dans l'obscurité de sa chambre aux volets clos.

– Ça n'a pas l'air d'aller mieux, observa Farida Boudjedrah en posant une main sur la joue de sa nièce.

– Si, si… Je vais passer à la pharmacie acheter des gouttes, mais ça me lance déjà moins…

Farida palpa le cou d'Anissa, grimaça :

– Tu as un ganglion énorme que tu n'avais pas avant-hier. Tu ne peux pas traiter ton otite simplement avec des gouttes pour les oreilles. Et tu es brûlante… Tu ne veux pas que je demande au docteur Munier de te recevoir ?

Anissa sourit, un sourire forcé qui n'éclaira pas son visage :

– Non, non, je t'assure. C'est trois fois rien.

– Samir n'a pas besoin d'être mis au courant, ajouta Farida sur le ton de la confidence.

Anissa, gênée, fit mine de secouer la tête pour signifier que là n'était pas le problème, mais la douleur lui arracha un rictus.

– Je ne peux pas te laisser comme ça, dit Farida. Je vais appeler Munier.

– Ça n'a rien à voir avec Samir, je t'assure. Je préfère ne pas être examinée par un homme.

– Mais ce n'est pas un homme, s'écria Farida, c'est un médecin…

Les deux femmes s'observèrent un instant, puis partirent d'un fou rire partagé, Anissa tenant sa joue qui la lançait.

– Oui, enfin… tu comprends ce que je veux dire, reprit Farida. C'est avant tout un médecin…

– Je n'aime pas l'idée qu'il me regarde, qu'il me touche. Je préfère attendre que ça passe.

– Et si ça ne passe pas?

Anissa haussa les épaules.

– Tu me surprends, vraiment. Je ne sais pas ce que dirait ta mère si elle entendait ça…

– Qu'est-ce que tu veux dire par là?

– Ce n'est pas comme ça qu'elle t'aurait élevée, ce n'est pas comme ça qu'elle et moi avons été élevées, heureusement…

Anissa fit la moue.

– Tu penses que je radote? demanda Farida avec un sourire ironique.

– Non, mais ce qui est bon pour toi n'est pas forcément bon pour moi. Tu vis ici depuis très longtemps, tu t'es… occidentalisée, c'est normal. Je ne te reproche rien.

– Occidentalisée? Qui t'a mis ces mots-là dans la bouche? C'est ton frère, n'est-ce pas?

Anissa se mordit les lèvres, ne répondit pas.

– C'est Samir, bien sûr. C'est toujours Samir, n'est-ce pas ? Qui te dit ce que tu as le droit de faire, qui te dit ce que tu as le droit de dire, de penser, qui te dit où aller, avec qui et comment. Imagine qu'il se trompe, parfois…

– C'est mon frère, il est responsable de moi.

– Parce qu'il a, quoi, un an de plus que toi ? Et qu'il t'explique que nous, le reste de ta famille, nous nous sommes « occidentalisés » ?

– Je ne veux pas avoir cette discussion, ma tante. Pas quand j'ai mal à l'oreille…

– C'est bien de là que tout est parti, pourtant, moqua Farida. Occidentalisés… Je vais te dire. Je ne suis pas occidentalisée. Je vais te dire mieux. Je refuse à Samir le droit de même chercher à me coller cette étiquette sur le dos. Soit il le fait par stupidité, soit il le fait par calcul, et je refuse l'un et l'autre. Je suis Farida Boudjedrah, la sœur de ta mère, et je refuse de me soumettre à la dictature d'un petit caïd à deux balles, tu m'entends. Ce que je n'accepterais pas de mon mari, tu ne penses pas que je vais l'accepter de Samir, non ?

– Ne t'emporte pas. Oui, c'est lui qui a utilisé le mot. Mais ça n'a rien d'insultant. C'est votre manière de vivre, celle que vous avez adoptée, c'est tout…

– Une manière de vivre ? Quelle manière de vivre ? Si j'ai mal à l'oreille, j'accepte d'être examinée par un médecin homme ? Si je désire sortir dans la rue tête nue, je le fais sans me soucier de ce que diront les uns ou les autres ? Si je désire faire quelque chose, je n'en demande pas l'autorisation à Monssef ? C'est cela que tu appelles être occidentalisée ?…

– Cela et le reste, oui. Mais je ne te fais aucun reproche.

– Est-ce que tu sais seulement que ta mère et moi nous avons lutté pour ça ? Que ta grand-mère a pris les armes pour ça ? Pour ce que tu abandonnerais sans combattre… Occidentalisée ? Je suis arrivée ici il y a vingt ans, j'avais vingt-deux ans à peine quand j'ai quitté le pays. À ma génération, à celle de ma mère, presque personne ne portait de foulard. Ma grand-mère portait le haïk, blanc, parce qu'elle était algéroise. Mais ni ma mère, ni moi, ni ta mère n'avons voilé nos cheveux. Ta grand-mère était une moudjahidate, elle s'est battue pour l'indépendance, pour chasser les colons. Tu ne crois pas qu'elle allait accepter des hommes de son peuple ce qu'elle n'aurait pas accepté d'un Français ? Ça n'avait rien à voir avec l'Occident ou l'islam, Anissa. Nous étions libres dans un pays qui s'était libéré, que nos parents avaient libéré… Et puis en 84, l'année où j'ai quitté l'Algérie, l'Assemblée nationale a voté l'instauration du code de la famille, de nuit, sans discussion. Le contenu du texte a été tenu secret, ainsi que son adoption. C'est dans les jours qui ont suivi que nous avons découvert, ta mère et moi, qu'à vingt-deux ans passés, malgré nos études, nous étions redevenues mineures, mineures à vie. Ça n'a rien à voir avec l'Occident ou l'islam, mais tout à voir avec la politique, Anissa. C'était un gage donné par le pouvoir aux religieux, pour obtenir une forme de trêve. Les religieux les plus réactionnaires retrouvaient une société patriarcale dont ils rêvaient, et qui avait été abolie dans les combats de l'Indépendance, et le pouvoir y gagnait la paix. À partir de là, les « Frères musulmans » se sont senti pousser des ailes, la pression s'est imposée sur les femmes, quel que soit leur âge, quelle que soit leur origine. J'avais une amie à la fac, qui a choisi de rester à Alger quand j'ai préféré venir retrouver Monssef en France. Elle a été vitriolée pour avoir ouvertement bafoué les interdits proclamés par les «Frères». Et elle n'a pas été la seule. Ils ont tué des femmes, ils les ont violentées... La maison d'une femme divorcée a été brûlée, avec son fils de trois ans à l'intérieur...

– Mais ça n'a rien à voir, s'insurgea Anissa. Ici et maintenant, c'est différent. Je ne porte pas le foulard par soumission aux hommes, je porte le foulard pour affirmer ma foi, parce que je me sens mieux ainsi, je me sens moi-même.

– J'aimerais bien te croire, Anissa, mais où as-tu vu dans le Coran qu'une femme doit se voiler?

– Je ne sais pas. Je ne connais pas bien les principes. Disons que je me sens plus à l'aise si je ne suis pas sous le regard des hommes.

– Sous le regard de quels hommes, Anissa? Tu es jeune, tu es belle, sais-tu seulement que tu peux inspirer l'amour, le désir, sans être coupable, sans mériter le viol? Parce que c'est ça que te disent Samir et les siens: «Voile-toi parce que, si tu ne le fais pas, je ne serai pas capable de retenir mes pulsions. Voile-toi, ou tu seras violée et ce sera ta faute...»

– Samir est mon frère. Il souhaite me protéger...

– Crois-tu? Vraiment? Tu as encore beaucoup à apprendre sur les hommes, Anissa. Mais dis-moi, toi-même, ne t'arrive-t-il pas de regarder des garçons, de les trouver attirants?

Au regard troublé de sa nièce, Farida Boudjedrah sut qu'elle avait visé juste. Elle eût pu pousser son avantage mais choisit d'en rire:

– Allons, ne prends pas cet air-là. Je ne te poserai aucune question, cela fait partie de ta vie, de ton intimité, et personne, ni moi ni Samir, n'a à y avoir accès. Personne… Mais dis-moi, si la vue d'un garçon peut éveiller le désir chez toi, si tu peux trouver belles ses lèvres, si tu peux être émue par son regard, désirer passer ta main dans ses cheveux…

Anissa rit aussi, pour masquer son trouble.

– Ne crois-tu pas qu'il y ait là péché ? Que ton âme soit en danger ? Ne faudrait-il pas voiler les hommes, les dissimuler, les dérober à nos regards ?

– C'est ridicule, objecta Anissa.

– Pas plus ridicule que de recouvrir une femme d'un drap de tente.

– Tu caricatures tout, dénonça Anissa, plus ferme. Il ne s'agit pas de porter le hidjab, mais simplement de nouer un foulard sur mes cheveux quand je sors…

– Afin de dérober ta chevelure au regard des hommes, je le redis. Comme les filles des catholiques intégristes à l'église près de la mairie, avec leur petit carré Hermès bien noué sur la tête pour ressembler à des nonnes. Ça n'a rien à voir avec l'islam, je te dis, mais tout à voir avec la place que les hommes rêvent d'accorder aux femmes dans la société. Ceux qui ne sont pas capables de te voir comme un être humain à part entière, mais juste comme un réceptacle à leurs fantasmes. Et parce qu'il leur est plus facile de glorifier leurs pulsions de mort que leurs désirs de vie, ils condamneraient les femmes à vivre enfermées, derrière des tissus ou à l'abri des murs… Sais-tu seulement quel avenir Samir te réserve, si tu n'apprends pas à remettre en cause son ascendant ?

– De quoi parles-tu ?

– Selon le code de la famille, en l'absence de ton père, Samir est ton tuteur. Si tu décidais de te marier, tu aurais besoin de son assentiment.

– Mais je n'ai aucune intention de me marier, ma tante. Ça ne m'intéresse pas. Il y a bien d'autres choses qui me préoccupent…

– Comme quoi ?

– Je n'ai pas envie d'en parler, dit Anissa.

Et, comme en claquant la porte d'entrée Khaled annonçait bruyamment son retour, elles n'en parlèrent pas.

L'orage menaçait. La progression de l'autobus était stoppée par un embouteillage au carrefour depuis une dizaine de minutes. Le chauffeur ouvrit les portes pour faire pénétrer un peu d'air frais dans l'habitacle surchauffé, et de nombreux passagers en profitèrent pour descendre et poursuivre leur route à pied. Éric hésita, leur emboîta le pas. Il connaissait mal ce quartier de la ville pourtant proche du sien. Il enfila une ruelle en s'orientant par rapport au clocher de l'église de la cité, longea une barre de HLM. Un sentiment croissant d'étrangeté, de *déjà-vu*, s'empara de lui. Cela lui arrivait quelquefois, et Thierry lui avait expliqué qu'il s'agissait d'un phénomène courant, d'une sorte de court-circuit cérébral.

– Ce que tu vois, ce que tu entends… toutes ces informations sensorielles, visuelles, auditives, sont véhiculées le long des neurones vers le cerveau. De temps en temps, elles butent sur une synapse, et elles font une boucle sur place avant de passer une deuxième fois. L'information est donc analysée par ton cerveau une première fois, puis immédiatement à nouveau, et c'est ce qui procure ce sentiment étrange de revivre une situation déjà vécue…

Éric avait engrangé l'information, sans argumenter. Il n'était pas convaincu. Si le *déjà-vu* relevait d'un simple bafouillement neuronal, pourquoi s'accompagnait-il invariablement d'un pressentiment angoissant ?

Pris dans ses pensées, il avait presque dépassé le camion de déménagement lorsqu'il reconnut l'endroit où il se trouvait. Ce fut comme une décharge, il sortit de la torpeur dans laquelle le voyage en bus depuis le centre commercial l'avait plongé.

Le ciel s'assombrissait. Il scruta la façade de la barre HLM, les entrées des cages d'escaliers, comme si l'immeuble décelait un secret qu'il lui appartenait de déchiffrer. Il était déjà venu ici, deux fois, de nuit. Les deux seules fois où Andreas les avait invités, Thierry et lui, à son domicile. En l'absence de ses parents. Une première fois, à la sortie d'une fête de fin d'année au collège, au prétexte de se finir à la bière. La seconde, parce que Andreas leur avait vanté sa collection de jeux vidéo interdits, et que la curiosité avait eu raison de leur répulsion. L'un comme l'autre, ils avaient surtout voulu voir de leurs propres yeux dans quelle sorte de lieu vivait Andreas, qui à l'époque les subjuguait autant qu'il les terrorisait. Étrangement, si sa chambre, drapée de posters de groupes de *death metal* et de drapeaux noirs, décorée de poignards de guerre et de parures militaires, était bien conforme à l'idée qu'ils s'en étaient faite l'un et l'autre, l'appartement des parents d'Andreas était tout ce qu'il y avait de quelconque. Pas de croix gammée au mur, ni d'affiche du parti d'extrême droite auquel appartenait

«Robert Salaun, Français de France». Simplement, dans l'entrée, au-dessus du téléphone, quelques rayonnages emplis d'ouvrages aux couvertures de cuir: *Lieutenant de Panzers, Dans la tourmente, Front de l'Est: les croisés de l'Occident, Les Mensonges d'Oradour*… Des titres qui à l'époque n'avaient pas attiré leur attention, mais qui revêtaient aujourd'hui une tout autre signification que celle d'une simple bibliothèque historique.

Andreas habitait au dernier étage de son immeuble. Éric s'en souvenait parce que Thierry avait le vertige, et qu'Andreas en avait profité, la première fois, pour le saisir par la nuque, sur le palier obscur, et le plaquer contre la balustrade en appuyant de toutes ses forces. Le temps de trouver l'interrupteur dans cet environnement qui ne lui était pas familier, de tirer Andreas en arrière en faisant mine de prendre tout cela pour une simple plaisanterie…

– T'es con, encore un peu et cette fiotte aurait chié dans son slip…

La voix d'Andreas résonna aux oreilles d'Éric comme s'il était là, tout près de lui. Il examina les entrées, en choisit une au moment où un homme vêtu d'un débardeur bleu, les muscles saillants sous l'effort, manœuvrait un fauteuil en cuir dans l'encadrement de la porte. Il attendit que l'homme fût passé, gravit les quelques marches du perron et se trouva face au panneau de boîtes aux lettres. Quatrième étage droite: Robert SALAUN. C'était là. C'était bien l'appartement d'Andreas. Mû par une conviction inexplicable, il gravit les étages. Toutes les portes étaient fermées. Quelques plantes rachitiques pendaient aux vasistas, leurs feuilles recouvertes d'une poussière grise, le terreau de leur pot semblant envahi de fungus. Il atteignit le quatrième étage. La porte de l'appartement des Salaun était ouverte, l'entrée et le grand salon, visibles en enfilade, étaient vides. Sur le parquet nu, entre des murs défraîchis dont le papier peint ne gardait un mince éclat qu'aux endroits où avaient été dépendus des tableaux, ne restaient entassés que quelques derniers cartons.

Ils s'en vont, songea Éric. *Ils ont perdu leur fils, et ils s'en vont.*

Il attendit là quelques instants, sans pouvoir bouger, brusquement saisi d'une obscure tristesse. Il n'était jamais revenu ici depuis la disparition d'Andreas, il n'avait jamais cherché à rencontrer ses parents. Qu'aurait-il pu leur dire, qui fût pour eux compréhensible ? Mais pendant ces deux années, au fond de lui-même, il avait visualisé l'appartement des Salaun, ce qu'il en avait vu du moins, comme inchangé. Il avait imaginé la chambre d'Andreas, figée comme il l'avait connue, comme elle lui était réapparue dans les quelques photographies du dossier de police prises par l'inspecteur Boudjedrah lors de sa première visite. Et, inconsciemment, une part de lui s'était convaincue que, tant que la chambre d'Andreas demeurerait inviolée, immuable, au moins dans son souvenir, celui-ci aurait une possibilité de revenir en arrière, de rentrer chez lui. C'en était fini maintenant. Les parents d'Andreas déménageaient, quittaient probablement cet endroit qui leur rappelait trop de mauvais souvenirs. Éric se sentait le cœur gros. Les larmes lui montèrent aux yeux et il dut faire un effort pour les contrôler. Il ne pleurait pas sur Andreas, ni sur l'amitié qu'ils avaient un temps partagée, avant que le Jeu révèle chacun d'entre eux à lui-même et les sépare. Non, il pleurait sur lui-même, il pleurait sur son adolescence révolue et sur la fin de l'innocence. Et il sut alors, douloureusement, qu'il était coupable, et que Thierry avait vu juste. Ils étaient la seule chance d'Andreas, son seul espoir de retour. Ne pas même avoir essayé de le sauver lorsque cela était encore possible était une forme de trahison.

Il entra dans l'appartement, sans autre but que celui de se recueillir un moment, et c'est là, au milieu des cartons encerclés de ruban adhésif, qu'il découvrit l'unité centrale de l'ordinateur d'Andreas.

– Cinquante degrés à l'ombre, annonça Clay en jetant un regard à sa montre.

– Tu as un thermostat incorporé maintenant ? railla Gilles.

– Non, mais je te parie qu'il fait cinquante. J'ai dû perdre trois kilos depuis qu'on a quitté l'hôtel.

Ils avaient passé le dernier *check point* une heure plus tôt, une simple chicane de sacs de sable à l'abri desquels se terraient une demi-douzaine de policiers irakiens peu rassurés, qui avaient tenté de les dissuader de poursuivre leur route.

– *Photographs*, avait baragouiné Gilles dans un anglais volontairement atroce. *We make photographs !*

– *Is dangerous ! Very dangerous ! Journalists get killed dead !* avait harangué l'un des policiers, avant de hausser les épaules, fataliste, devant leur détermination, et de leur faire signe de passer.

Ils avaient ensuite roulé aussi vite que le permettait l'état de la route, traversant Mahmoudiya et Latifiya à tombeau ouvert afin de ne pas laisser aux groupes de kidnappeurs qui y avaient élu résidence le loisir de s'intéresser à leur véhicule, une vieille Daetsun grise que

Mohammed avait empruntée à l'un de ses cousins, s'improvisant chauffeur et interprète. Clay et Gilles, mal dissimulés derrière une barbe de deux jours (« Vous ressemblez à deux Irakiens comme moi à Madonna », avait remarqué Mohammed), s'étaient tassés sur le siège arrière, relevant leur col de chemise et prenant soin, malgré la chaleur étouffante en cette fin de journée, de ne pas baisser les fenêtres crasseuses qui les protégeaient du regard des guetteurs. Passé les deux bourgades, ils s'étaient arrêtés, le temps de dérouler la banderole et les macarons « PRESS » et « TV » qui décoraient maintenant le pare-brise et l'avant de leur voiture. Puis, ayant harnaché leurs gilets pare-balles, ils avaient poursuivi leur route à l'arrière de la Daetsun, jusqu'à ce hameau aujourd'hui désert, seulement décoré par la carcasse calcinée de deux camions militaires et d'un Humvee américain. Ils étaient en territoire hostile, un no man's land que les forces de la coalition ne contrôlaient que dans les dépêches de l'état-major. Calés à l'ombre toute relative d'un auvent de toile déchiré, ils attendaient leur contact. Mohammed avait garé la voiture au sommet d'une colline, selon les indications qui leur avaient été données, et attendait un peu plus loin.

– À cette heure-ci, on pourrait être accoudés au bar de l'hôtel, peinards, continua Clay.

– Tu as raison. Il doit faire bon là-bas. Si la climatisation s'est remise en route depuis qu'on est partis, ce dont je doute, avec un peu de chance il doit faire presque frais. Quarante à l'ombre à tout casser...

Clay ouvrit la bouche, lâcha :

– Ah ah... Ah ah... Ah ah... Je suppose que c'est de l'humour français.

– Si tu veux, porc impérialiste à la solde du grand capital…

– Ce porc est en train de fondre à vue d'œil, maugréa Clay en essuyant son front ruisselant. Si ces connards enturbannés ne se ramènent pas d'ici une demi-heure, je me casse. Qu'est-ce qu'on en a à foutre, tu peux me dire, du sort de ces trois types et de leur foutu camion ? Comme disait l'autre connard : « Cette vidéo montre des iraguiens en train de faire ceux qui sont pas supposés faire. » Point barre…

– Mais enfin, où est passé ton sens de l'investigation ? ironisa Gilles en balayant l'horizon de ses jumelles.

– Je ne sais pas. Il doit être là, quelque part par terre, dans cette flaque d'où émerge le haut de mes rotules…

– Trop de McDo, je t'avais prévenu. Un petit coup de chaud, et tout le gras se met à fondre. C'est pour ça, en fait, que vous avez envahi ce foutu pays. Dans l'espoir de vous offrir une cure d'amaigrissement gratuite.

Clay grimaça. Il tira sur les lanières de son gilet pare-balles, accepta la gourde que lui tendait son camarade :

– Qu'est-ce que je ne donnerais pas pour un simple martini dry, murmura-t-il…

– Bois-le vite, alors, dit Gilles en abaissant ses jumelles. Les « connards enturbannés » arrivent, et ils sont assez stricts sur la consommation d'alcool.

Il fit un signe vers le sud et, suivant son index, Clay vit un nuage de poussière grandir sur la route au-dessus d'une colline toute proche. Mohammed, de son poste d'observation, leur faisait signe d'avancer.

– Qu'est-ce qu'il ne faut pas faire pour décrocher le prix Pulitzer… murmura-t-il en avalant une dernière gorgée d'eau chaude.

– Tu crois qu'ils le décernent à titre posthume?

La voix de Gilles tremblait à peine, et Clay ne répondit pas. Ils vérifièrent une dernière fois les autocollants «PRESS» agrafés sur leurs gilets, et, levant les mains bien haut au-dessus de leur tête, appareil photo à bout de bras, s'avancèrent à la rencontre de leurs hôtes.

Les lèvres de la femme dessinaient un O presque parfait. Perdu dans la contemplation de l'unité centrale, dont il avait minutieusement inspecté la façade arrière couverte de poussière, Éric ne l'avait pas entendue approcher. Au dernier moment, une sensation étrange au creux des omoplates, l'intuition d'une présence le firent pivoter sur lui-même. La femme étouffa un cri, puis, scrutant ses traits, sembla se détendre:

– Pardonnez-moi... J'avais cru... Qu'est-ce que vous faites ici?

Éric avait parlé en même temps, bafouillant une excuse au sujet de la porte ouverte. Ils se dévisagèrent un instant, esquissèrent un sourire. Éric se releva.

– Je m'excuse. Je suis Éric, j'étais... je suis un ami d'Andreas Salaun, qui habitait ici.

La femme hocha la tête, gravement:

– Effectivement, je me souviens de ton prénom. Andreas m'a parlé de toi et de votre ami commun. Thierry, je crois...

Elle ne s'était pas présentée, mais brusquement Éric saisit en quoi son visage lui avait semblé familier, alors qu'il était certain de ne jamais l'avoir rencontrée.

– Madame Salaun?

Elle acquiesça:

– Je m'appelle Nita. Tu peux me tutoyer.

Éric hésita. Que lui dire ? Par où commencer ?

– Je… C'est tout à fait par hasard. Je passais dans la rue, j'ai vu le camion en bas… C'est là que j'ai reconnu la barre d'immeuble…

– Oui. Nous déménageons.

– Vous… vous partez ?

– Non, nous déménageons en ville. Cela faisait longtemps que nous cherchions. Mon mari a eu une promotion, et nous avons trouvé une villa dans un quartier du centre-ville. Avec un jardin.

Elle hésita, puis lâcha, dans un souffle :

– Il préférait aller sur Paris mais je n'ai pas voulu qu'on s'éloigne trop. Au cas où…

Au cas où Andreas reviendrait, compléta Éric sans le dire.

– Je faisais un dernier tour de l'appartement. Nous avons vécu près de quinze ans ici, ça fait… drôle. Et quand je t'ai aperçu là, accroupi dans le salon, j'ai…

Éric acquiesça pour ne pas la forcer à terminer sa phrase.

– Je suis désolé.

– Non, non. Je suis habituée, tu sais. Dans la rue, dans les magasins… je crois toujours qu'il va surgir au détour d'une allée… Ce serait bien son genre, tu ne trouves pas, de revenir comme si de rien n'était…

Éric ne répondit pas. Ses yeux s'égarèrent malgré lui vers l'ordinateur oublié au milieu du salon vide. Nita Salaun suivit son regard.

– Ce sont nos rebuts. Des paperasses de mon mari et quelques vieilleries. C'est fou ce qu'on entasse au fil des ans. Ses assistants doivent passer tout ça au broyeur ce soir ou demain.

Éric contempla les dix cartons apparemment bourrés de documents, se demanda ce que l'inspecteur Boudjedrah pourrait y trouver d'intéressant. Qui, à part le père d'Andreas, pouvait trouver indispensable de passer ses archives personnelles au broyeur plutôt que de les déposer sur le trajet du camion-benne des ordures ménagères ? Que recelaient ces cartons qu'il faille absolument détruire ? Il préférait ne pas le savoir.

– J'ai gardé toutes les affaires d'Andreas, pour le jour où il reviendra, annonça Nita Salaun.

– L'ordinateur ?

– Robert me dit que c'est un très vieux modèle. Et il ne marche plus. La police l'avait saisi, pour analyse. Ils nous l'ont rendu au bout de six mois en disant qu'il n'y avait pas grand-chose à en tirer… Je l'avais remisé dans un coin, mais là, avec le déménagement…

Éric regardait par la fenêtre tout en écoutant la mère d'Andreas. Une pluie brutale s'était abattue sur la ville. Sans confronter son regard, et en tâchant de garder un ton neutre, il demanda :

– Je pourrais le récupérer ?

– Bien entendu, répondit Nita Salaun. Mais ça n'est guère mieux qu'un tas de ferraille…

– Ce n'est pas grave. Parfois on peut… récupérer des composants…

– Comme tu veux, Éric.

Elle jeta un œil à sa montre.

– Il va falloir que j'y aille. Je dois passer voir ma mère à la maison de retraite. Avec la pluie qui tombe, si c'est sur ton chemin…

Éric empoigna l'unité centrale, tandis que la mère d'Andreas cherchait dans son sac son trousseau de clés.

Des femmes en larmes écroulées au bord de tombes creusées à même la terre. Des hommes hirsutes, aux yeux fiévreux, fendant une foule compacte en brandissant à bout de bras de minuscules linceuls. Les images se succédaient, comme chaque jour, glaçant le sang d'Anissa et de Khaled et les emplissant d'un dangereux mélange de rage, de chagrin et d'humiliation. Ils parlaient très peu. De temps à autre, Khaled se tournait vers sa cousine et celle-ci lui traduisait brièvement un commentaire ou l'une des nouvelles qui défilaient sur un bandeau en bas de l'écran. Une voiture blanche brûlait devant un bâtiment à la façade dévastée. Ici, une très vieille femme à l'expression indéfinissable tenait serré dans sa main les doigts crispés et déjà gris d'un proche qui gisait sous les décombres de sa maison. Un océan de douleur venait mourir à leurs pieds, comme chaque soir depuis qu'Anissa, profitant de leur abonnement au satellite, venait regarder les nouvelles du monde en provenance d'Al-Jazeera et des autres télévisions du Moyen-Orient. D'abord peu intéressé, Khaled s'était récemment joint à elle, sans mot dire. Les noms de villes, les dénominations de parcelles de territoires pour lesquels des hommes s'entre-déchiraient depuis des siècles au nom de Dieu, de Yahvé, d'Allah lui devinrent bientôt familiers. Des hommes, et des femmes aussi. Al-Jazeera passait parfois des documents chocs, des témoignages troublants enregistrés par de jeunes hommes ou femmes kamikazes avant un attentat-suicide. On les y voyait entourés de leurs proches, faisant leurs adieux. Ils se tournaient vers la caméra, dédiaient leurs actes à leurs parents, aux disparus de leur famille ou de leur clan qu'ils désiraient venger par le sang. Puis montaient dans un camion bourré d'explosifs, ou se lestaient d'une ceinture de C4.

Enfin, filmée de loin, caméra au poing, une soudaine déflagration dans la nuit, illuminant un moment un pont en flammes, ou un *check point* pulvérisé. Et toujours, toujours la photographie du mort, en plan serré, lorsque la force de l'explosion le permettait. Une seule fois, Khaled s'était permis de manifester son désaccord. La bande enregistrée s'attardait sur le visage tuméfié d'un kamikaze, tandis qu'une voix off attestait que le corps, qui avait été retrouvé quasiment intact, exhalait une odeur d'encens et de myrrhe.

– Non mais c'est vraiment n'importe quoi ! s'était écrié Khaled.

– Comment oses-tu ?

Khaled s'était retourné vers sa cousine :

– Attends. Je ne critique pas ce qu'ils font, je n'y connais rien. Mais le coup de l'encens et de la myrrhe, tu y crois, toi ? C'est un témoignage ou un film de propagande pour recruter d'autres pauvres types qui croiront qu'ils vont atteindre le paradis comme ça ?

– Je ne sais pas s'ils vont atteindre le paradis, comme tu dis, avait rétorqué Anissa, cinglante. Mais où qu'ils aillent, ce sera toujours mieux que l'enfer dans lequel ils vivent, non ?

Khaled n'avait rien trouvé à répondre. À partir de ce soir-là, il n'avait plus manqué la séance quotidienne avec sa cousine, cherchant à la prendre en défaut, à percer ses défenses. De temps en temps, à la fin du journal, il zappait sur une chaîne française, et tentait de comparer les deux versions du même événement. Souvent, il semblait s'agir de deux mondes opposés, et ce qui était considéré comme un fait de guerre sur une chaîne apparaissait comme un crime sur l'autre.

Ce soir-là, le présentateur avait l'air tendu. Il passa rapidement sur les nouvelles du jour, la crise du pétrole qui allait en s'aggravant, l'incendie d'un nouvel oléoduc pétrolier en Irak, la dernière incursion de l'armée israélienne dans un village palestinien, l'attentat-suicide qui avait ensanglanté le cœur de Naplouse. Pour en venir à l'information du jour.

Ils virent d'abord cinq hommes habillés de noir, le visage masqué d'un foulard. Puis la caméra fit un zoom arrière et ils découvrirent aux pieds de l'homme du milieu, qui tenait dans sa main droite un poignard recourbé à large lame, un prisonnier d'une trentaine d'années, le cheveu court, l'air terrifié. L'homme donna son nom, son matricule dans l'armée américaine, comme on lui en avait probablement intimé l'ordre, d'une voix à peine audible. Puis l'un des cinq hommes lâcha quelques mots comme une sentence et tout alla très vite. L'homme au poignard saisit les cheveux du captif, les tira en arrière pour découvrir sa gorge. Instinctivement, Khaled détourna le regard. Anissa fixait l'écran, totalement absorbée par ce qui s'y passait.

Khaled se leva, tenta de prendre la télécommande.

– Je refuse de regarder cette… saloperie, dit-il.

– Sors, alors, ou ferme les yeux.

Son ton était suffisamment impérieux, presque méprisant, pour arrêter Khaled dans son mouvement. Il obtempéra, baissant les yeux vers le sol, mais sans pouvoir bloquer le son immonde de la chair pénétrée, les couinements terrifiés de l'homme mis à mort comme une bête.

Khaled jura, contre sa cousine, contre lui-même, contre ce à quoi il était forcé, à son corps défendant, de prendre part.

– Mais éteins cette saloperie, merde...

– C'est arrivé. Que j'éteigne ou pas n'y changera rien.

Le film dut cesser parce que Khaled entendait maintenant la voix du présentateur reprenant le cours de l'émission. Il risqua un regard vers l'écran où défilaient les réactions de personnalités religieuses ou militaires, certaines fustigeant un crime contre l'humanité, d'autres mettant cet assassinat en perspective par rapport aux dizaines de morts anonymes que le conflit entraînait chaque jour dans l'indifférence quasi générale.

– C'est arrivé ? C'est bien tout ce que tu as trouvé à dire pour regarder ça ? C'est arrivé ?

– Oui, répondit Anissa. C'est arrivé. Tu peux te cacher le visage, te boucher les oreilles, ça ne change rien. Il est mort. Une vie s'est éteinte, parmi des centaines de milliers d'autres vies rien qu'aujourd'hui. En soi, ça n'a pas d'importance.

– Mais tu ne vois pas... Tu ne comprends pas qu'en regardant cette saloperie tu t'en rends complice ? Ce n'est pas « arrivé », comme tu dis. Ç'a été filmé, mis en scène, spécialement pour notre édification. C'est arrivé pour être vu. Et donc, le regarder, ce n'est pas innocent... Les gens qui ont fait ça sont des monstres. Ils n'ont pas à passer pour des libérateurs, ou des combattants d'Allah, ou que sais-je... Ce sont des malades, et des salopards.

– Et les gens qui ont fait ça, demanda Anissa en désignant le téléviseur, ce sont quoi ?

Sur l'écran se succédaient des images fixes, prises à l'intérieur d'une prison en Irak. Des images dont Khaled avait entendu parler mais qu'il n'avait jamais vues. Des hommes nus entassés les uns sur les autres, sous le regard d'une soldate hilare. D'autres qu'on forçait à mimer un acte sexuel sous les quolibets de leurs gardiens. Un prisonnier à quatre pattes, affublé d'un sac sur la tête pour mieux le désorienter et lui ôter tout repère, traîné au bout d'une laisse par la même fille au regard de folle qui désignait le sexe de l'homme d'un index pointé, comme sur une carte postale de camping d'une vulgarité sans nom. Enfin un homme terrorisé, la bouche grande ouverte dans un cri inaudible, sur lequel un soldat excitait un chien d'attaque dont les babines retroussées laissaient voir deux rangées de crocs acérés. Et la même soldate, ou une autre, souriant à la caméra, le pouce levé pour accentuer la blague, tout en terminant de panser dans un linge sanglant la cuisse déchirée du prisonnier. Khaled aurait voulu contrer l'argumentation de sa cousine. Non, tout n'était pas équivalent. Non, ces horreurs-là ne légitimaient pas l'horreur en retour. Mais il ne savait pas trouver les mots pour formuler cette intuition. Avec l'impression de se noyer, d'être emporté par le courant, il plongea son regard dans celui de monstres ordinaires.

– Je suis désolée, mais on en a encore pour dix bonnes minutes, annonça la mère d'Andreas.

– Ce n'est pas grave, sourit Éric. Avec ce déluge, de toute façon, je n'aurais pas fait le chemin à pied…

La pluie tombant sans discontinuer avait créé entre eux une étrange intimité imprévue, qu'aucun des deux ne se serait hasardé à commenter.

– Nous sommes au rond-point du centre commercial. J'ai pris par là pour éviter la gare. Je suis certaine que le petit tunnel est bouché.

– Oui, vous avez raison. Dès qu'il pleut un peu trop, les égouts de la rue des Martyrs regorgent et le tunnel est impraticable.

– On n'est plus très loin. Si tu veux m'attendre, j'en ai pour dix minutes, il est tard et les aides-soignantes auront déjà mis maman au lit.

– Ce n'est pas un problème. Personne ne m'attend.

Nita Salaun lui jeta un rapide regard, comme une interrogation muette.

– Non, je ne vis pas tout seul. Je vis avec ma mère mais elle ne m'attend pas, quoi... Je vais et je viens à ma guise, surtout en été.

– Tu n'as pas à te justifier, sourit la mère d'Andreas.

Les phares d'un camion balayèrent l'habitacle, les aveuglant un instant.

– Ce type est dingue, tu as vu à quelle vitesse il a déboulé...

Éric acquiesça, profitant de la concentration de la femme penchée sur son volant pour observer son visage. Indéniablement, il y avait quelque chose d'Andreas en elle, ou l'inverse. Le même front, la bouche, voluptueuse, presque cruelle chez Andreas. Tout le reste, tout ce qui aurait pu rappeler la féminité de sa mère, le fils l'avait gommé en se rasant les cheveux, en jouant des muscles, de la voix, pour nier ces traits sensuels.

– C'est étrange que nous nous rencontrions justement ce soir, sous ce déluge, reprit Nita Salaun comme si elle continuait à voix haute une conversation qu'elle avait amorcée avec elle-même.

– Étrange ?

– Oui. Le jour où Andreas a disparu, il y a justement eu un orage comme celui-ci.

La voix de Nita Salaun s'était faite lointaine. Un éclair zébra le ciel au loin, illuminant momentanément le carrefour désert qu'ils traversaient.

– Mon mari ne devait pas rentrer ce soir-là, il allait à un meeting. Andreas était dans sa chambre, j'entendais sa... musique. Enfin, je pense que c'était de la musique... J'ai cogné à sa porte avant de partir, pour l'informer de mon départ... au cas où il aurait voulu m'accompagner voir sa grand-mère...

Elle eut un petit rire amer, poursuivit :

– Il m'a répondu par un grognement que j'ai interprété comme un refus. Pourtant ça n'avait pas toujours été ainsi... Quand il était enfant, c'est ma mère qui l'a pratiquement élevé... Enfin ce soir-là il n'a pas répondu, juste lâché un soupir exagéré, comme si la stupidité de ma question ne méritait même pas qu'il s'y attarde. Ça ne m'a pas choquée outre mesure. Avec son père, j'ai l'habitude... J'ai dit que je serais probablement de retour vers vingt et une heures... qu'il y avait un restant de poulet dans le frigo, ce genre de choses... Il m'a encore répondu par un grognement agacé : « Ça va, je ne suis pas débile ! ... » Tu vois... c'est le dernier souvenir que j'ai de mon fils. Lorsque je suis rentrée, tard dans la soirée, à cause de l'orage qui m'avait bloquée une bonne demi-heure du côté de la gare, sa chambre était toujours fermée. Aucun bruit. J'ai pensé qu'il dormait, ou qu'il était sorti. Le lendemain, toujours rien. J'ai sorti de mon armoire un double des clés de sa chambre. Je n'étais pas censée y avoir accès, il détestait que je lui demande de ranger son désordre habituel ou de jeter les saletés qu'il accumulait... J'ai trouvé le lit défait, mais ce n'était pas une indication... La lampe du bureau était allumée, ainsi que l'ordinateur, qui a vrombi quand j'ai bougé la souris. Je n'y connais rien, et Andreas m'avait interdit de toucher à son ordinateur. Je sais juste que, lorsque je passe l'aspirateur, si je bouge la souris et que rien ne se passe sur l'écran, ça veut dire que je peux débrancher, que l'ordinateur est éteint... Là, ce n'était pas le cas, il y avait à l'écran un de ses jeux, un jeu de guerre évidemment. J'ai tout laissé en l'état, et attendu le soir pour en parler à Robert. Il a piqué une colère, rien d'inhabituel, a gueulé qu'Andreas aurait affaire à lui quand il rentrerait. Le lendemain, toujours rien. Robert était parti très tôt au travail, je l'ai appelé sur son portable en fin d'après-midi pour lui dire que j'allais prévenir la police. Il me l'a formellement interdit. Il ne voulait pas... Enfin tu vois, il tenait à sa réputation, il m'a dit qu'il n'en était pas question. Et moi, comme une conne, j'ai obéi.

Elle se tut un moment, cherchant à maîtriser son émotion. Éric avait tourné la tête, s'abîmant dans la contemplation du vide-poche.

– J'ai attendu le vendredi, trois jours plus tard, pour passer outre au refus de Robert. Je me suis rendue au commissariat, j'ai vu cet inspecteur, monsieur Boudjedrah, qui a été très compréhensif... Ensuite, une fois qu'il m'a accompagnée à la maison, les choses se sont gâtées. Ils ont trouvé des choses... enfin... plusieurs flacons, des produits chimiques. Et une recette apparemment dégottée sur Internet... pour fabriquer une bombe... Ils ont tout photographié, et Boudjedrah a tout fait emporter pour analyses, l'ordinateur, les affaires... Andreas avait tout laissé, ses papiers, son argent, ses clés... C'est comme s'il était parti vêtu uniquement de ce qu'il avait sur le dos. L'inspecteur m'a demandé la liste de ses fréquentations...

J'ai donné ton nom, celui d'un de vos copains, Thierry, c'est ça ?

Éric acquiesça.

– Je ne connaissais pas vos noms de famille, Andreas n'était pas très… expansif. Sinon je vous aurais moi-même contactés, pour essayer de savoir, de comprendre. Mais Boudjedrah a été très gentil avec moi, malgré… mon mari. Il m'a laissée lire vos dépositions. M'a assuré que vous ne saviez rien, et que ces trois jours perdus ne changeaient rien à l'affaire, finalement. Mais moi, je me suis toujours dit que… que j'ai été folle d'obéir à Robert ce jour-là. Que peut-être… peut-être si j'avais réagi plus rapidement, comme n'importe quelle mère l'aurait fait…

– Ça n'aurait rien changé.

– Tu crois vraiment ? demanda-t-elle d'une voix lasse.

– Je vous assure que ça n'aurait rien changé.

Nita Salaun arrêta la voiture. Éric aperçut, comme à travers la vitre d'un aquarium, le hall d'entrée de la maison de retraite, baigné d'une lueur verdâtre.

– Tu m'attends ? J'en ai pour un quart d'heure à peine…

– Pas de problème, répondit Éric.

Nita Salaun saisit son sac, un parapluie télescopique, hésita :

– Si tu savais où était Andreas, tu me l'aurais dit, n'est-ce pas ?

Éric ouvrit la bouche, la referma sans proférer une parole.

– J'ai besoin de savoir, Éric. J'ai besoin de croire qu'il reviendra…

– Je suis désolé, madame. Je ne sais pas… je ne sais pas où il est parti.

Elle l'observa longuement, puis jeta un œil à son reflet dans le rétroviseur intérieur :

– Il est vivant, n'est-ce pas ?

– Oui, répondit Éric sans réfléchir.

Sans un regard en arrière, Nita Salaun ouvrit la portière et fut happée par le rideau de pluie.

Thierry déposa son plateau-repas sur le comptoir de l'internat, sortit sur le parking de l'hôpital au moment où s'allumaient les lampadaires, et les balises de sécurité sur le toit de l'hôpital, comme autant de fanions rouges lumineux sur un grand paquebot. Il allait pleuvoir, le ciel était noir. Il pressa le pas, traversant le parking à grandes enjambées en direction du hall d'entrée des urgences. Une jeune mère de famille accompagnée de deux enfants le précéda, et s'excusa au moment de relâcher la porte vitrée :

– Excusez-moi, docteur, je ne vous avais pas vu.

– Il n'y a pas de mal, balbutia Thierry, ému par cette méprise.

Docteur, elle l'avait appelé *docteur*... Il se redressa, capta son reflet dans la glace derrière le bureau des admissions, où se pressaient comme chaque soir à la tombée de la nuit des dizaines de personnes, certaines malades, d'autres blessées, d'autres encore échouées là parce que c'était le seul endroit où elles pouvaient espérer obtenir un repas et une sollicitude momentanée dans la galère de leur vie. Oui, la blouse lui allait bien. Très bien, même. Il lui suffirait de masquer par un morceau de sparadrap le titre « aide-brancardier » gravé sur son badge d'identification, et il ferait un aspirant-médecin tout à fait convenable, une sorte de John Carter juvénile. Il sourit à cette pensée, s'apprêta à traverser la salle d'attente comme si c'était son fief personnel, lorsqu'un visage connu l'arrêta. D'abord, il ne fut pas certain de la reconnaître, tant ses traits lui parurent changés. Elle-même, de son côté, le dévisagea, étonnée de le voir dans cet accoutrement.

– Thierry ?

– Madame… madame Boudjedrah ?

– Vous travaillez à l'hôpital ?

– Oui… Je fais un stage de… brancardier pendant les vacances. Vous êtes là depuis longtemps ?

– Une petite demi-heure. Je crois qu'il y a beaucoup de monde, malheureusement…

– Oui. C'est souvent le cas dans la soirée… Si je peux faire quelque chose pour vous…

– Non, tu es gentil. À part peut-être prévenir à la maison, si tu as un portable. La cabine ne marche pas, et je ne veux pas importuner les hôtesses d'accueil.

– Vous vous êtes inscrite ?

– Oui, oui. Sans problème. Je n'ai plus qu'à attendre. Mais si tu avais la gentillesse d'appeler Khaled… Tu as le numéro de la maison ?

– Oui… Mais le mieux est que vous le fassiez vous-même. Tenez…

Il sortit son portable de la poche de sa blouse, le lui tendit.

– Merci. Je te le rends tout de suite…

– Ne vous inquiétez pas. Je n'en ai pas besoin pour l'instant.

Thierry s'éloigna, contourna le box d'accueil pour attirer l'attention d'une hôtesse :

– La dame… la dame qui est assise dans le coin près du distributeur…

– Oui ?

– Elle est là pour quoi ?

– Attends voir… Boudjedrah, c'est ça ? Boudjedrah Farida. Elle va voir l'interne en médecine. Migraines… Tu parles qu'avec une migraine elle n'aurait pas pu aller voir son généraliste en ville au lieu de venir poireauter aux urgences un vendredi soir !

Thierry ignora ce mouvement d'humeur :

– À ton avis, elle en a pour combien de temps ?

– Ça risque d'être long. Il y a six personnes avant elle, et on doit recevoir une tentative de suicide aux benzos d'ici une demi-heure… À vue de nez, elle sera encore là à minuit…

– Le brancardier est demandé au 5ᵉ D pour un transfert en maternité, annonça une voix féminine dans le haut-parleur. Thierry hocha la tête et disparut dans le couloir des urgences.

– Rappelle-moi qui a eu cette idée, murmura Clay comme l'unique porte de la petite salle se refermait sur eux.

– Au risque de retourner le couteau dans la plaie, vieux… c'est toi, répondit Gilles.

Clay fit mine de considérer la réponse, hocha la tête sentencieusement :

– Lorsque nous serons rentrés à l'hôtel, si nous rentrons jamais à l'hôtel, fais-moi interner en psychiatrie et jette la clé, OK ?

Gilles s'assit à terre, évitant la banquette et les coussins qui décoraient un coin de la pièce.

– Je suis sûr que Mohammed va arranger tout ça. Jusqu'ici, ça s'est plutôt bien passé. Aucune brutalité, aucune menace. Ils nous ont laissé nos appareils, mon ordinateur portable…

– Je sais, je sais, maugréa Clay. Je suis juste un peu… nerveux, sacré tabernacle de ciboire de Crisss…

Gilles sourit. En compagnie de rebelles ou d'insurgés, Clay se présentait toujours comme canadien, et avait appris quelques jurons, qu'il resservait à ses interlocuteurs pour appuyer sa proclamation.

La porte se rouvrit pour laisser passer un homme d'une quarantaine d'années, mince, vêtu d'une grande chemise blanche flottante en polyester et d'un keffieh à carreaux rouges, suivi d'un interprète qu'ils avaient rencontré à leur arrivée dans la cour de la propriété, après deux heures de route à l'arrière de la Daetsun, la tête recouverte d'un sac en plastique sombre qui ne leur avait été ôté qu'à leur arrivée.

– Nous avons appris que vous enquêtez sur la mort de civils irakiens, commença l'interprète.

Gilles et Clay acquiescèrent.

– Notre guide, Bashar Azziz, a décidé de vous permettre de rencontrer l'un des responsables de ce massacre. Vous pourrez lui poser des questions directement. Nous vous remettrons même un enregistrement vidéo de l'entretien, que vous pourrez porter à la connaissance de vos médias…

– Nous vous en remercions, interrompit Gilles. Mais pourrions-nous poser quelques questions à votre guide ?

– Cela n'est pas possible, coupa l'interprète avec un regard déférent envers l'homme en blanc. Plus tard, lorsque vous aurez terminé votre entretien, il décidera ou non du message à porter à vos gouvernements.

L'homme en blanc fit un signe de tête pour appuyer cette dernière phrase, et Gilles songea qu'il s'agissait d'une mascarade, que le guide parlait probablement anglais, mais il ne fit aucun commentaire. Ils ressortirent tous dans le couloir, furent conduits en compagnie de l'interprète dans une autre pièce blanche, encadrés d'hommes en armes. Gilles entra le premier. La salle était un peu plus grande que la précédente. Elle comportait une table en bois recouverte d'un très vieux linoléum dont le motif floral, presque effacé par d'innombrables étés, se devinait avec peine. Une caméra vidéo numérique dernier cri, posée sur un trépied. Et, assis sur l'unique chaise de la pièce, devant une grande affiche couverte de caractères et de slogans en arabe, un jeune homme au crâne rasé, vêtu d'un pantalon de treillis américain et d'un T-shirt sombre.

– Vous êtes journalistes? demanda l'homme en anglais tout en passant une main sur ses lèvres.

– Oui, répondit Gilles en se présentant. Je suis français, et mon camarade, Clay Campbell, est canadien.

– Je me charge de la caméra, annonça l'interprète. Vous êtes libres des questions que vous désirez poser à notre prisonnier.

– Mais il n'était pas question... bredouilla Gilles.

– Posez vos questions, les mecs, coupa l'homme assis sur la chaise. Je m'appelle James Hemingway, comme l'écrivain. Je suis soldat américain, et personne ne sait que je suis là. Alors posez toutes vos foutues questions et laissez-le filmer, c'est ma seule chance d'en sortir vivant, vous comprenez...

Il avait parlé vite, trop fort, d'une voix hachée, comme s'il avait perdu l'habitude de communiquer.

Gilles et Clay observèrent son visage, ses yeux implorants, ses joues mal rasées.

– Il nous faudrait deux chaises, demanda Gilles en sortant de sa poche un carnet de notes.

Il avait fallu deux heures à Éric pour installer l'unité centrale de l'ordinateur d'Andreas à la place de la sienne. Vieux de quelques années, le boîtier ne comportait pas de prises USB, et Éric dut fouiller tous les placards de l'appartement pour mettre la main sur une souris et un clavier compatibles avec les ports de la façade arrière. Il était près de minuit maintenant. Il hésita. Peut-être devrait-il attendre le matin, ou prévenir Thierry… Mais que dire ? Il lui fallait au moins s'assurer que l'ordinateur d'Andreas fonctionnait toujours. Si c'était le cas, Éric aviserait.

Il vérifia une dernière fois les câblages, alluma l'unité centrale. Un grésillement, puis, très rapidement, beaucoup plus rapidement qu'il ne l'aurait imaginé, l'ordinateur se mit en route et afficha un fond d'écran à l'effigie d'une ancienne version de Windows. Tant de temps avait passé, songea Éric. Quelles chances avait-il de retrouver Andreas ? Il revit le visage de Nita Salaun, penché vers lui comme elle refermait la portière de la voiture après l'avoir déposé au pied de son immeuble.

– Tiens, je te laisse mon numéro de portable et notre nouvelle adresse… si jamais tu apprends quoi que ce soit… Je compte sur toi…

Il n'avait rien répondu, masquant son trouble derrière un sourire de circonstance.

Le fond d'écran d'Andreas apparut, une affiche sombre sur laquelle se découpait, de profil, le buste d'un soldat allemand. Éric fronça les sourcils, mal à l'aise.

– Bon, ça fonctionne… murmura-t-il comme pour se rassurer.

L'écran s'obscurcit brusquement, tandis que l'unité centrale se remettait à crépiter. Quelques lumières verdâtres clignotèrent sur la façade avant de l'unité centrale, témoignant de la mise en route du disque dur. Éric, qui n'avait touché ni la souris ni le clavier, resta interdit. Que se passait-il ? Des images défilaient à l'écran, images qu'il n'arrivait pas à distinguer. Puis l'écran s'éclaircit, et des volutes de fumée dansèrent devant ses yeux. Une musique sourde, envoûtante, où se mêlaient le son feutré d'un tambour et une sonnerie de trompette, emplit la pièce.

– *Depuis la nuit des temps…* commenta une voix sombre, caverneuse, magique.

Un frisson parcourut l'échine d'Éric. Le Jeu… Le Jeu Ultime s'était déclenché tout seul, sans intervention de sa part.

Il tapota nerveusement sur l'unité centrale, cherchant le bouton « Reset », tandis que la voix poursuivait :

– *… la race humaine a pris part au jeu le plus excitant, au jeu le plus dangereux, au jeu le plus prestigieux de l'univers…*

Dans la pénombre de sa chambre, ses doigts trouvèrent enfin le bouton. Il appuya fébrilement dessus, une première fois… une seconde…

Sur l'écran, des hommes montaient à l'assaut d'une colline. D'autres, marchant le long d'une tranchée, abattaient des ennemis blessés d'une balle dans la nuque. Une femme courait dans les ruelles d'un village dévasté, encerclée par un rideau de flammes. Désespérément, Éric appuyait sur le bouton « Reset ». Sans succès. Il repoussa son fauteuil roulant, s'accroupit pour trouver la prise de la rallonge électrique.

C'est alors qu'il aperçut, profondément enfoncée dans le lecteur, la disquette noire du Jeu.

Il appuya sur le bouton latéral, l'éjecta.

L'écran se figea sur une image qu'il aurait reconnue entre mille : la façade massive du Vel d'Hiv, les cinq autobus garés le long du trottoir, et sur le pavé luisant de pluie, un homme à vélo.

– *Choisissez votre mode de jeu...* ordonna la voix.

Éric resta immobile, la disquette en main. Et comme il fixait l'écran, sur lequel étaient apparus les mots

Corps à Corps

Stratégie

Ultime,

il vit l'image ondoyer, devenir floue, et sut, sans pouvoir se l'expliquer, qu'il n'aurait pas de seconde chance.

Il glissa la disquette dans sa poche, se rassit face à l'écran, cliqua sur « Ultime », tout en cherchant fébrilement sur le bureau son téléphone portable. Les écrans de choix se succédaient rapidement : XXe siècle, 1939-1945, Paris...

De la main gauche, il fit défiler les derniers numéros de téléphone qu'il avait composés... ceux d'Elena, de Thierry. Il appuya sur « Appeler » tout en découvrant sur l'ordinateur un choix de costumes, des dizaines d'uniformes : SA, SS, Wehrmacht, légion Condor, Gestapo, Police française, Gendarmerie, Parti populaire français...

L'uniforme de la Gestapo était surligné, et Éric comprit, intuitivement, que cela avait été le dernier choix enregistré dans la machine, le choix d'Andreas.

Observant l'uniforme obscène qui pivotait lentement à l'écran sous toutes ses coutures autour d'un axe invisible comme pour mieux se faire admirer, Éric réalisa l'erreur d'Andreas, sans s'en étonner outre mesure. Le pardessus de cuir noir, la casquette, les bottes, tout le parfait attirail fétichiste nazi... Tout cela avait accroché l'attention d'Andreas, l'avait attiré comme dans un piège. La rafle du Vel d'Hiv avait été orchestrée par les seules forces françaises. Pas un soldat allemand, pas un membre de la SS, de la Wehrmacht ou de la Gestapo ne s'y était sali les mains. Éric l'avait lu sur le Mémorial du bâtiment aujourd'hui rasé, et dans les articles qu'il avait parcourus sur Internet. Andreas, bien entendu, ne s'était pas soucié d'un tel détail historique, et cela, plus que toute autre chose, avait probablement causé sa perte.

Éric choisit un uniforme de la police française, au moment où dans son oreille gauche résonnait le message d'accueil du portable de Thierry :

« Vous êtes sur la messagerie du 06 86 88 .. .. Thierry de Boisdeffre est momentanément absent. Veuillez laisser un message après le bip. »

– Thierry ! Thierry, j'ai récupéré l'ordi d'Andreas. Le Jeu s'est lancé, je ne peux pas l'arrêter, je vais...

Il y eut un éclair, le faisceau éblouissant des phares d'une camionnette, qui pénétrait à toute allure dans l'arrière-cour du commissariat. Éric croisa le regard soupçonneux de Parisot, son collègue du bureau d'à côté :

– Chut, Maynard ! On n'entend rien à ce que dit le patron !

Éric cligna des yeux, comme s'il cherchait à sortir d'un cauchemar, mais il était déjà trop tard.

Thierry sortit du bloc opératoire, poussant un brancard devant lui, et jeta un regard à sa montre. Minuit passé. Il avait fini son service. Il arracha son calot vert, ses surchaussures, et aspergea d'eau fraîche son visage sous le robinet de la salle des pansements. Depuis deux heures, il n'avait pas eu un moment à lui. Il y avait eu cet accouchement prématuré au 5e D, puis un jeune couple blessé dans un accident de voiture, que les pompiers avaient débarqué aux urgences alors que le box de réanimation était déjà occupé par une tentative de suicide… Il avait passé son temps à courir à droite et à gauche, véhiculant des brancards, réceptionnant des poches de sang du centre de transfusion voisin… *Je vais être frais demain matin*, songea-t-il. *J'ai bien choisi mon jour pour faire un tour à Londres…* Quelle idée aussi de prendre un aller à 8 h 13 du matin, un lendemain de garde ? Mais c'était le seul créneau possible pour être certain de pouvoir faire l'aller-retour dans la journée.

Il glissa la main dans sa poche pour s'assurer de la présence de son billet, et réalisa qu'il n'avait pas récupéré son portable auprès de Farida Boudjedrah. Il arpenta les couloirs jusqu'aux urgences, espérant qu'elle avait pensé à le rendre à un membre du personnel. Il passa la tête dans le box d'accueil, attira l'attention de la réceptionniste :

– Gisèle, on ne t'a pas laissé un portable pour moi ?

– Non. Pas à ma connaissance.

– Je l'avais prêté à une dame. Une dame qui venait consulter en médecine.

– Ah ben ça… si tu joues les chevaliers servants, ne t'étonne pas de te retrouver en slip. Comment elle s'appelait, ta dulcinée ?

– Madame Boudjedrah. Elle a dû partir il y a un bon moment…

La réceptionniste grimaça :

– Tu rigoles ! On n'a pas arrêté ici avec les deux polytraumas de l'autoroute, et le Samu nous a envoyé un infarctus et toute une famille intoxiquée à l'oxyde de carbone. En plein été, faut le faire ! Ta dame est toujours là…

Thierry jeta un œil à la salle d'attente, découvrit Farida Boudjedrah, assise à la même place. Quelque chose dans sa posture, dans la position de ses jambes comme recroquevillées sous son siège, l'alarma. Il s'approcha d'elle :

– Madame Boudjedrah ?

Elle tourna la tête vers lui, lentement, comme absente.

– Excusez-moi… Vous avez pu appeler chez vous ?

Au moment où il posait la question, il sentit que quelque chose n'allait pas. Il l'avait quittée sur cette chaise trois heures plus tôt. Il était impensable, si elle avait pu joindre un membre de sa famille, que ni Khaled ni son mari ne soient venus la rejoindre.

– J'ai pas pu, articula-t-elle avec l'élocution pâteuse des alcooliques qui venaient, la nuit, squatter la salle d'attente.

– Vous n'avez pas pu ?

– Les touches, murmura-t-elle avec effort. Les touches sont trop… pas assez petites…

– Les touches sont trop petites ?

Il s'agenouilla devant elle, examina son visage. Son expression habituellement vive, enjouée, avait disparu. Elle avait le teint cireux, les traits bouffis, comme au sortir d'un long sommeil ou d'une anesthésie. Et ses yeux… quelque chose n'allait pas avec ses yeux.

– Regardez la lumière, madame.

Thierry avait parlé à voix haute, et les autres patients se tournèrent vers lui.

– Regardez la lumière, madame, répéta-t-il avec force.

Lentement, difficilement, Farida Boudjedrah obtempéra. Elle fixa son regard mort sur l'halogène du plafonnier, et seule sa pupille droite réagit au changement de luminosité.

– Oh merde ! Merde ! Appelle l'interne ! Trouve-moi un brancard ! Vite ! Vite !

– C'est vers la fin juin que Jesus a marché sur une mine, et que je me suis retrouvé le dernier membre survivant de la brigade Nintendo, comme nous appelait le capitaine.

James Hemingway tira longuement sur la cigarette roulée que Clay lui avait offerte, puis détacha un filament de tabac collé sur sa lèvre inférieure. *Pour un homme en danger de mort, il est étonnamment calme*, songea Gilles.

– La brigade Nintendo ? demanda Clay.

Placé derrière la caméra numérique, l'interprète filmait la scène, sans rien dire.

James Hemingway passa la main sur sa barbe naissante :

– Ouais, la brigade Nintendo… Jesus, Harv, Solly et moi…

Cela avait commencé dans le Walmart où Jesus travaillait aux cuisines du Burger King. À vingt-cinq ans, il était un peu plus âgé que les trois autres, qui passaient une bonne partie de leur temps de loisir dans l'arcade internet du centre commercial. Ils avaient lié connaissance, jouant fréquemment en équipe sur les serveurs de *Battlefield 1942* ou de *Counterstrike*. C'est là, un vendredi soir, qu'ils avaient rencontré Dwayne, sergent recruteur de l'armée US. Ils avaient joué ensemble, une petite dizaine de parties de *Counterstrike*, puis Dwayne leur avait payé un verre. Et c'est là qu'ils avaient, pour la première fois, entendu parler d'*America's Army*.

– *Counterstrike*, c'est bien, avait admis Dwayne. Mais c'est très irréaliste. Si vous vous comportez comme ça sur un théâtre d'opérations, vous vous ferez tous allumer. Si vous voulez avoir une idée de ce qu'est vraiment l'armée, des valeurs qu'elle véhicule, du comportement qu'elle exige de ses recrues, vous devriez jouer à *America's Army*...

– C'est quoi, ce truc ? avait demandé Harv.

– C'est LE jeu de simulation tactique mis au point par l'armée américaine.

– J'imagine la bonne grosse daube, avait ricané Solly.

Dwayne avait soupiré, sans se départir de son sourire :

– Ah, les jeunes, vous n'avez aucune pitié... Tu as vu comment j'ai allumé l'équipe adverse, tu pourrais au moins me faire confiance... Tu ne parles pas à ton grand-père, là... Je te dis que c'est une vraie bombe, entièrement originale, basée sur le moteur d'*Unreal*.

– Alors comment ça se fait qu'on n'en ait jamais entendu parler en magasin ?

Dwayne hocha la tête, lentement :

– Mon pauvre garçon... tu n'en as jamais entendu parler en magasin parce que c'est un jeu gratuit...

– Bonjour les pixels, ironisa Solly. Ça tient sur quoi, une disquette ?

– Pas du tout. Je te dis que c'est un vrai jeu, la version 2.1 fait 728 mégaoctets, autant dire qu'il faut un certain temps pour la télécharger…

Ils étaient restés muets un instant, le temps de digérer l'information, puis James avait demandé :

– Gratuit, un jeu de 728 mégaoctets ? Elle est où, l'arnaque ?

– L'arnaque ? Pourquoi veux-tu qu'il s'agisse d'une arnaque ? C'est gratuit.

– Et la connexion à un serveur, pour jouer en réseau, c'est gratuit aussi ?

– Bien évidemment.

– Je ne comprends pas. Rien n'est gratuit. Ça n'existe pas. Quel profit vous en tirez ? Le gouvernement, la plupart des politiques, tous ces types-là pissent sur les jeux vidéo toute la journée. C'est violent, c'est stupide, c'est dégradant, on a tout entendu. Pourquoi l'armée financerait-elle un jeu vidéo, gratuitement en plus ?

Dwayne leva un index, attribuant un point à James :

– Touché, James… Évidemment, il y a une bonne raison derrière tout ça, mais pas celle que tu imagines. Les radicaux, les opposants au gouvernement, tous ces types qui dénigrent les jeux de guerre en général et celui-là en particulier, disent que c'est un moyen pour le gouvernement d'enrôler des jeunes. Comme si les sergents recruteurs étaient des dealers, tu vois… La vérité est beaucoup plus simple. Avec le temps, avec la fin du service militaire, la réduction de la taille de nos armées, le nombre d'Américains qui ont servi dans l'armée et qui peuvent transmettre leur expérience aux jeunes générations diminue d'année en année… Disons que le jeu fait partie de notre stratégie de communication… C'est un moyen pour nous de vous permettre d'explorer les aventures et les opportunités de l'armée sans vous engager… Comme des soldats virtuels, en somme.

– On a vu ça mille fois, coupa Solly. Des jeux de guerre, on en a épuisé des dizaines, sur PC, sur Xbox, sur Playstation…

– Là, c'est différent, renchérit Dwayne sans se départir de sa bonne humeur. Il ne s'agit pas de tirer sur tout ce qui bouge, mais de simuler l'apprentissage d'un jeune soldat. Vous ne pouvez pas juste vous inscrire et partir au combat en réseau, fleur au fusil. Il faut d'abord, comme dans la réalité, faire ses classes, apprendre à respecter le code d'honneur de l'armée, les procédures d'engagement. Je sais que je vais vous faire rire, mais c'est un jeu… moral, où il est question de valeurs humaines, de courage, de loyauté, de discipline…

– Attends, je vais vomir…

Harvey s'était fendu d'un rictus ironique. Le regard que lui lança Dwayne le dissuada de poursuivre.

– Courage, loyauté, discipline, travail d'équipe… Évidemment, ce n'est pas à la portée de tout le monde, et c'est pour ça que beaucoup de gens dans votre entourage, probablement, dénigrent l'armée. Mais, au bout du compte, c'est bien aux soldats, aux officiers comme aux simples troufions, qu'ils doivent de pouvoir poursuivre leur petite vie tranquille entre le supermarché et le cinéma multisalles…

Excuse-moi, murmura Harvey en quittant la table sous prétexte d'aller rechercher un Coca. Je ne voulais pas te blesser.

– Ce n'est pas grave, lâcha Dwayne, glacial. Je suis habitué, malheureusement. L'armée, ce n'est pas du tout la caricature que certains en font. Et dans le jeu, c'est la même chose. Le jeu récompense le travail en équipe, la réalisation des objectifs, mais pas la violence pour la violence. La violation des Règles d'Engagement lors des combats, ou des lois de la guerre, peut envoyer un joueur en prison ou le bannir du jeu de façon permanente. Si vous tirez sur un civil innocent ou un soldat allié pendant le jeu, vous en subirez les conséquences. L'armée ne tolère pas ce genre de comportement.

– Et le jeu… demanda Jesus, comment on peut se le procurer ?

– Tu peux le télécharger directement sur Internet, sur www.americasarmy.com…

– 728 mégaoctets… maugréa James. Ça va prendre des plombes avec ma connexion.

C'est là que, avec un petit sourire, Dwayne avait glissé la main dans la poche intérieure de son veston militaire et déposé sur la table un CD cellophané :

– Tenez. C'est un cadeau de l'US Army. Vous m'en direz des nouvelles.

– C'est vraiment cool, remercia Jesus.

– Il faut que j'y aille, coupa Dwayne en jetant un œil à sa montre. Je viens souvent ici, vous me direz ce que vous en avez pensé.

Il s'éloigna de quelques pas, puis se retourna vers eux :

– Jouez avec votre copain Harvey. On ne sait jamais. C'est plus sympathique de jouer en groupe, entre amis, de former une véritable équipe… comme dans l'armée.

Sur ces mots, il tourna les talons.

James inspectait déjà la pochette du CD, impatient de se retrouver devant son écran pour tester le jeu, s'inquiétant de la compatibilité de son ordinateur avec cette version :

America's Army version 2.1 :

Devenez membre de la première force terrestre armée ; entraînée et équipée pour obtenir une victoire décisive à n'importe quel endroit du globe. Conquérez le droit de vous appeler Soldat, et faites savoir aux ennemis de la liberté qu'America's Army est arrivée.

Faites une différence dans le monde – et en vous-même – en rejoignant sur Internet des milliers de joueurs, et en neutralisant les menaces d'où qu'elles viennent.

L'honneur et l'intégrité forgeront votre caractère ; la bravoure et la puissance de feu prouveront votre préparation dans n'importe quelle situation.

Travail en équipe, respect, action, l'aventure débute ici !

Configuration recommandée :

- *1.25 GHz G4 Processeur (700 MHz G4 Processeur au minimum)*
- *512 Mo de RAM (256 Mo de RAM au minimum)*
- *1 Go d'espace libre sur le disque dur*
- *Carte graphique GeForce4 ou Radeon 8 500 (GeForce2 ou Radeon 7 500 au minimum)*

– Dwayne, tu nous a ferrés sans problème, lança James Hemingway en fixant droit la caméra. Tous les quatre, même Harvey. Je voudrais te féliciter, au nom de la brigade Nintendo. C'était du travail de professionnel, vraiment. Je me demande combien de crétins de notre âge tu as réussi à recruter pour l'Oncle Sam… Vingt ? Trente ? Plus ? En tout cas, chapeau, ton petit numéro était parfaitement au point. Et le jeu lui-même, un vrai bijou. En particulier les liens vers le site de l'armée US, www.goamerica.com. C'est comme ça que Jesus s'est fait piéger, et nous avec lui…

Jesus avait émigré aux États-Unis trois ans auparavant, fuyant avec sa mère diabétique la pauvreté de son pays d'origine. Il s'était marié, peu après son arrivée, lorsque sa petite amie s'était retrouvée enceinte. Il travaillait au Burger King pour nourrir sa famille et tenter de subvenir aux frais médicaux de sa mère. Au décours d'une partie en équipe, il avait cliqué sur l'écran, et s'était retrouvé sur www.goamerica.com.

« Qu'est-ce que l'armée US ? C'est la force individuelle et le soutien d'une équipe invulnérable. C'est vous au mieux de votre forme. Avec l'éducation, la technologie et le soutien logistique, vous deviendrez plus fort, plus intelligent, et mieux préparé pour faire face aux challenges que vous rencontrerez. Vous développerez des compétences nouvelles, une expérience hors pair, et l'opportunité de les utiliser dans un environnement en constant développement.

Être un soldat, c'est aussi porter haut les idéaux de la Constitution des États-Unis, et devenir un membre respecté de votre communauté. Vous découvrirez une vie d'aventures et rencontrerez des gens brillants, motivés, comme vous l'êtes vous-même.

Car la force de l'armée américaine ne repose pas seulement sur le nombre, elle repose sur vous, une armée à vous tout seul. »

James avait parcouru, page après page, le site de l'US Army, découvrant les opportunités et les salaires qu'offrait un engagement dans l'armée. De nombreuses compagnies célèbres, expliquait le site, donnaient des avantages parfois même la priorité, aux jeunes qui s'engageaient dans l'armée. Mais surtout, comme le lui avait expliqué Dwayne lorsqu'il s'étaient croisés à nouveau au Burger King, un engagement dans l'armée permettrait à Jesus de payer ses études, et d'être plus rapidement naturalisé américain. Il avait été le premier à s'engager. Ses trois camarades avaient suivi.

– Quelqu'un sait-il que vous êtes retenu prisonnier ici ? demanda Clay comme James Hemingway terminait sa diatribe.

– Je n'en sais rien. J'ai été capturé deux semaines après que Jesus s'est fait tuer. J'avais d'abord cru qu'il avait sauté sur un IED, l'un de ces engins explosifs improvisés que la guérilla place dans les décombres. Mais non, c'était une mine à nous, du bon matériel US que l'aviation avait largué dans les faubourgs de la ville la veille, sauf qu'on avait « oublié » de nous en faire part. Une fois que Jesus a été ramassé à la truelle par l'équipe médicale, le capitaine a fait rédiger un mémo en trois exemplaires pour éviter un nouvel incident de ce genre… Moi, à partir de là, je crois que j'ai un peu pété les plombs… J'attendais de m'en prendre une à mon tour, c'était dans la logique des choses. Et c'est ce qui est arrivé… Lors d'une patrouille dans le même secteur, quinze jours plus tard. Ça fait trois semaines que je suis ici. Je ne sais pas ce qu'ils veulent, ils ne m'ont pas menacé, juste posé des questions, beaucoup de questions.

– À quel sujet ?

– Tout. Comment je suis arrivé ici, tout ce que je vous ai raconté. Et aussi des trucs sur un camion qui a sauté dans le coin peu après notre arrivée à la base.

– Un incident avec un hélicoptère Apache, c'est ça?

– Oui. Mais ce n'est un secret pour personne, c'est même passé sur Internet... À dire vrai, je ne sais pas si vous avez remarqué mais ça ressemblait foutrement...

– À un jeu vidéo, coupa Gilles.

– À un jeu vidéo, exactement...

– Si nous sommes venus ici, continua Gilles, c'est parce que notre intermédiaire nous a laissés entendre que nous pourrions en savoir plus sur cet incident avec l'hélicoptère. Nous pensions rencontrer des insurgés, pas nous retrouver face à un prisonnier américain, vous comprenez?

Hemingway hocha la tête.

– Avec l'autorisation de vos ravisseurs, nous allons diffuser le film de votre interview sur les chaînes occidentales. Est-ce que vous savez quelque chose sur cet incident?

– Oui. Je crois même que c'est l'une des raisons pour lesquelles ils m'ont gardé ici. J'étais dans le détachement qui a fait les premières constatations sur place une fois que l'hélicoptère est rentré à la base.

La première chose qu'avaient remarquée James et son chef d'escouade, c'était l'odeur. Une atroce odeur de cuisine, comme si quelque chose avait été laissé trop longtemps au four.

Ils étaient descendus du Humvee, un gros véhicule militaire à quatre roues motrices, et avaient fait un rapide tour de sécurisation du périmètre. Rien ne bougeait plus autour des carcasses criblées de balles des deux véhicules, à part les noirs essaims de mouches qui festoyaient sur les cadavres. À l'arrière du camion, ils n'avaient rien trouvé. À l'arrière de la camionnette, rien non plus, si ce n'était un sac en toile contenant les restes d'un maigre repas, et une gourde d'eau tiède. Arpentant le champ jusqu'au tracteur, ils avaient enfin mis la main sur la preuve qu'en haut lieu on leur avait demandé de retrouver. L'homme abattu sur le flanc du tracteur tenait encore en main, ou dans ce qui restait de sa main, un lance-roquettes RPG chargé.

Ils avaient communiqué l'information à leur coordonnateur sur la base, qui les avait chaleureusement félicités.

– Bon travail, propre et net. Ne touchez à rien. Restez sur place en vous regroupant au niveau de votre Humvee. J'envoie une équipe récupérer les armes des rebelles.

– Il y a quand même un problème, avait interrompu le chef d'escouade, Engels, un Noir d'une quarantaine d'années qui ne s'en laissait pas compter.

– Quoi comme problème ? avait demandé la voix à la tonalité métallique.

– On a bien localisé les deux terroristes, et on a récupéré l'arme. Mais la personne sur le tracteur…

– Le troisième rebelle, oui…

– C'est difficile à dire vu l'état actuel du corps, lieutenant… mais apparemment, si on réussit à recoller les bouts ensemble, ça m'a tout l'air d'être une femme.

Il y avait eu un long silence dans leurs écouteurs, puis le bruit d'une respiration courte.

– Vous êtes certains de ce que vous avancez ?

– Le corps est pulvérisé, lieutenant, avait continué Engels. Mais ce qui reste de la tête est identifiable. Il s'agit d'une femme.

– Ça ne change rien. Ils étaient trois, ils étaient armés…

– Désolé, lieutenant. C'était une femme, apparemment une fermière, qui labourait un champ…

– Mais qu'est-ce qu'elle foutait sur un tracteur à neuf heures du soir, bon Dieu ? avait hurlé la voix.

James avait porté la main à son casque, comme un réflexe.

– C'est une bonne question, lieutenant. Il aurait peut-être fallu prendre le temps de le lui demander.

– Une femme ? demanda Clay pour s'assurer qu'il avait bien saisi.

– Une femme, oui. Et je n'ai jamais vu de femme parmi les combattants ici, en six mois. Pas une. C'était juste une fermière, qui se trouvait là au mauvais moment.

– Elle labourait un champ à neuf heures du soir, répéta Clay, incrédule.

– Vous savez quelle température il fait dans le coin à quatre heures de l'après-midi ? Elle devait profiter de la fraîcheur, ça ne lui a pas porté chance.

– Et qu'a décidé l'armée, après ça ?

– Rien. On a décidé de ne rien décider. Ils ont gardé le film comme outil de propagande, mais ils n'ont fait aucune communication sur les victimes ou sur nos constatations. Cela aurait équivalu à reconnaître qu'il s'agissait d'une bavure, et l'armée n'aime pas les bavures. Les rebelles n'ont rien dit parce qu'ils ne pouvaient rien prouver… Et l'armée a passé l'incident sous silence pour éviter la mauvaise publicité. Je suis même étonné que quelqu'un s'y intéresse encore six mois après. Vous savez combien de victimes civiles il y a eu depuis le début du conflit ? Entre 10 et 15 000… Alors une fermière de plus ou de moins…

– Avant toute chose, reprit le commissaire divisionnaire Pelletier, je tiens à insister sur l'importance de l'action que nous allons mener aujourd'hui, conjointement avec nos collègues de la gendarmerie, mais aussi, ne l'oublions pas, avec quatre cents volontaires du Parti populaire français. Dans le but de maintenir la cohésion des équipes chargées de cette mission nationale, ces derniers seront inclus dans les escouades déjà constituées, et agiront sous les ordres et la responsabilité de la police française.

Éric, debout dans la cour intérieure du commissariat, scrutait les rangs de ses collègues, cherchant à discerner dans le regard ou l'attitude de l'un d'entre eux le malaise qui le saisissait. Peine perdue. Inspecteurs, agents de police, tous semblaient écouter le commissaire divisionnaire Pelletier avec une attention soutenue. Il jeta un regard vers l'horloge qui ornait le fronton du bâtiment. Il était près de quatre heures du matin, et la cour était noire de monde. Ils devaient être une soixantaine à attendre sur le pavé encore mouillé par une averse passagère.

– Action d'importance, messieurs, parce que la nation et son chef nous regardent. Il n'est pas anodin, faut-il le souligner, que cette opération ait été confiée dans son intégralité aux services de l'État français. L'occasion nous est aujourd'hui donnée, messieurs, d'effacer le cruel souvenir de la défaite, et de montrer à la nation, ainsi qu'au commandement allemand, que l'on peut compter sur le zèle et la dévotion de la police française… Ce préambule établi, je passe la parole à Parisot, qui vous fera lecture des instructions de monsieur le directeur de la police municipale Hennequin. Parisot, je vous en prie…

Pelletier s'était éclipsé sur le côté en portant la main à sa bouche pour masquer un petit râclement de gorge.

Parisot monta les marches du perron et se tourna vers ses collègues :

– Bon… « Paris, le 13 juillet 1942. Circulaire n° 173-42…

À Messieurs les Commissaires Divisionnaires, Commissaires de Voie Publique et des Circonscriptions de Banlieue.

Les Autorités Occupantes ont décidé l'arrestation et le rassemblement d'un certain nombre de Juifs étrangers. La mesure dont il s'agit ne concerne que les Juifs des nationalités suivantes :

Allemands, Autrichiens, Polonais, Tchécoslovaques, Russes (réfugiés ou soviétiques, c'est-à-dire "blancs" ou "rouges"), Apatrides (c'est-à-dire de nationalité indéterminée).

Elle concerne tous les Juifs des nationalités ci-dessus, quel que soit leur sexe, pourvu qu'ils soient âgés de 16 à 60 ans (les femmes de 16 à 55 ans). Les enfants de moins de 16 ans seront emmenés en même temps que les parents. Vous constituerez des équipes d'arrestation. Chaque équipe sera composée d'un gardien en tenue et d'un gardien en civil ou d'un inspecteur des renseignements généraux ou de la police judiciaire.

Les équipes chargées des arrestations devront procéder avec le plus de rapidité possible, sans paroles inutiles et sans commentaire. En outre, au moment de l'arrestation, le bien-fondé ou le mal-fondé de celle-ci n'a pas à être discuté. C'est vous qui serez responsables des arrestations et examinerez les cas litigieux qui devront vous être signalés.

Des autobus, dont le nombre est indiqué plus loin, seront mis à votre disposition. Lorsque vous aurez un contingent suffisant pour remplir un autobus, vous dirigerez :

– sur le Camp de Drancy : les individus ou familles n'ayant pas d'enfants de moins de 16 ans ;

– sur le Vélodrome d'Hiver : les autres.

Vous dirigerez alors les autobus restants sur le Vélodrome d'Hiver.

Enfin, vous conserverez, pour être exécutées ultérieurement, les fiches des personnes momentanément absentes lors de la première tentative d'arrestation.

Pour que ma Direction soit informée de la marche des opérations, vous tiendrez au fur et à mesure, à votre bureau, une comptabilité conforme au classement ci-dessus. Des appels généraux vous seront fréquemment adressés pour la communication de ces renseignements. Parmi les personnes arrêtées, vous distinguerez celles qui sont conduites à Drancy de celles qui sont conduites au Vélodrome d'Hiver.

Pour faciliter le contrôle, vous ferez porter au verso de la fiche, par un de vos secrétaires, la mention "Drancy" ou "Vélodrome d'Hiver" selon le cas.

Les services détachant les effectifs ci-dessous indiqués devront prévoir l'encadrement normal, les chiffres donnés n'indiquant que le nombre des gardiens. Les gradés n'interviendront pas dans les arrestations, mais seront employés selon vos instructions au contrôle et à la surveillance nécessaires.

Total des équipes : 1 472 ; total des gardiens en civil ou en tenue : 1 568. En outre : 220 Inspecteurs des Renseignements Généraux et 250 Inspecteurs de la Police Judiciaire.

Garde des Centres primaires de rassemblement et

accompagnement des autobus. Total des gardes et gardiens : 430.

Circonscriptions de banlieue. Totaux : 60 gendarmes, 20 gardiens en tenue et 53 gardiens en civil.

La Compagnie du Métropolitain, réseau de surface, enverra directement les 16 et 17 juillet à cinq heures aux Centraux d'Arrondissements où ils resteront à votre disposition jusqu'à fin de service : 44 autobus.

En outre, à la Préfecture de Police (caserne de la Cité) : 6 autobus.

La Direction des Services Techniques tiendra à la disposition de l'État-Major de ma direction, au garage, à partir du 16 juillet à huit heures : 10 grands cars.

De plus, de six à dix-huit heures, les 16 et 17 juillet, un motocycliste sera mis à la disposition de chacun des IXe, X^{e}, XIe, XVIIIe, XIXe et XXe arrondissements.

La garde du Vélodrome d'Hiver sera assurée, tant à l'intérieur qu'à l'extérieur, par la Gendarmerie de la région parisienne et sous sa responsabilité.

Tableau récapitulatif des fiches d'arrestations : Paris : 25 334 ; banlieue : 2 057 ; total : 27 391.

Le Directeur de la Police Municipale, Hennequin. »

Le commissaire divisionnaire s'avança à nouveau sur le perron :

– Des questions ?

Il y eut un flottement, puis quelqu'un demanda :

– Qu'est-ce qu'on fait s'il n'y a personne, ou si les gens n'ouvrent pas ?

– Vous notez l'absence présumée de la personne à arrêter. Avec un peu de chance, vous les cueillerez lors d'un second passage dans la journée.

– S'il y a des malades ?

– Des malades ? Écoutez, nous ne sommes pas médecins. Nous n'avons pas à discuter de l'état de santé de ces gens. Tout Juif à arrêter doit être conduit au centre primaire. Selon l'arrondissement, le quartier, il peut s'agir d'un commissariat, d'un gymnase ou d'une école. De là, ils seront transférés soit sur Drancy, soit au Vel d'Hiv, où leur cas sera étudié.

Le vrombissement d'un moteur couvrit partiellement sa voix, comme un autobus venait se garer à l'angle de la rue, directement devant la sortie de la cour du commissariat.

Le commissaire divisionnaire donna le signal à ses troupes, et les policiers, par groupes de deux ou trois, se regroupèrent pour étudier les fiches qui leur avaient été confiées, par secteurs.

– Eh, Maynard, espèce de tire-au-flanc, qu'est-ce que tu fous ?

Éric se tourna vers Parisot, prit les fiches que ce dernier lui tendait.

– On est ensemble, on fait l'avenue de Ségur et les abords du métro, avec deux gars du PPF. Tu vérifies nos fiches, le temps que j'aille dire un mot au patron…

Éric acquiesça, sans mot dire, et Parisot s'en alla d'un pas vif, tirant sur les pans de son uniforme pour en effacer les plis. Des hommes allaient et venaient dans la cour, certains parlant à voix basse, d'autres échangeant des plaisanteries sans se soucier de l'heure. Éric s'isola dans un coin de la cour, fit défiler les fiches cartonnées dans sa main. Chacune comportait le nom d'une personne à arrêter, avec son adresse. Au dos, figurait un cadre :

SERVICE :
Agents capteurs :
Nom................................
Nom................................
Service.............................
Service.............................
Clés remises à M.................
N°..................................
Rue................................
Renseignements en cas de non-arrestation

Éric remarqua le peu de place laissé pour cette dernière rubrique, comme si le directeur de la police municipale avait considéré d'avance que cette ligne ne devait pas servir. Ils étaient censés arrêter toutes les personnes désignées. Sans état d'âme ni bavure. Éric vit défiler les noms d'hommes et de femmes qui, à cette heure, devaient dormir dans la chaleur de cette nuit d'été parisienne. Natanson, Zylberstein, Lévy, Wajsfelner, Schalit, Radozski... Il devait y en avoir une bonne soixantaine... *Ce n'est pas vrai, songea-t-il. Rien de tout cela n'est vrai. Il doit être près de minuit, et je suis assis devant mon écran... C'est comme si je rêvais... Un cauchemar, simplement. Rien de tout cela n'est vrai... Je n'ai pas à m'en préoccuper. Simplement tenter de retrouver Andreas...*

Il balaya la cour du regard. Ses yeux tombèrent sur une affiche, située près de la porte des toilettes. « POUR QUE NOTRE MAISON SOIT PROPRE... IL FAUT AUSSI BALAYER LES JUIFS ». Quelqu'un rit, non loin de lui. Il vit deux hommes se prendre par le col pour partager le plaisir d'une bonne blague, comme deux collégiens dans une cour de récréation. Une colère froide le prit. Il marcha jusqu'aux toilettes et s'y enferma. L'odeur dans le cubicule était fétide, insupportable. À la faible lueur filtrant au-dessus de la porte, il vit que les toilettes, à la turque, semblaient bouchées. Alors, respirant par petites bouffées, il déchira quelques fiches au hasard et commença à les mâcher consciencieusement.

– Quel âge a-t-elle ? demanda l'interne de chirurgie en actionnant le brassard tensionnel.

Farida Boudjedrah avait été allongée sur un brancard, transportée en toute hâte dans le box de réanimation. En l'espace de quelques minutes, elle avait cessé de répondre aux questions, glissant dans un coma vigile.

Deux infirmières s'affairaient autour de son corps étendu, ôtant ses chaussures, ses vêtements, pendant que le médecin poursuivait son examen vasculaire et neurologique.

Thierry, resté à l'écart, se saisit du sac de Mme Boudjedrah, chercha son portefeuille et y dénicha une carte d'identité.

– Elle a… trente-neuf ans.

– Tu la connais ? demanda Samuel en cherchant vainement un réflexe rotulien du côté droit.

– C'est la mère d'un de mes amis.

Samuel lui jeta un regard las :

– C'est toujours la mère de quelqu'un. C'est toujours le fils de quelqu'un… Tu la connais ?

– Un peu.

– Elle a des antécédents connus ? Elle est épileptique ? Elle fait de l'hypertension ?

– Je… je ne sais pas. Elle a été victime d'une agression il y a quelques jours.

– Une agression ?

– Un coup. Elle a été frappée à la tête, la semaine dernière. Elle a été hospitalisée deux-trois jours, et elle…

– Hospitalisée ici ? Sandrine, cherche-moi son dossier au fichier central. Boudjedrah, Farida. Continue, Thierry…

– Elle est rentrée chez elle il y a quatre jours. Elle était faible, elle tenait difficilement sur ses jambes, et elle se plaignait de vertiges. C'est tout ce que je sais.

– Et ce soir ?

– Je l'ai aperçue en salle d'attente, vers neuf heures je crois. Elle m'a dit qu'elle avait des migraines. Elle m'a demandé mon portable pour appeler chez elle.

– Et…

– Et c'est tout ce que je sais. Quand je suis revenu du bloc vers minuit, elle était toujours là, et apparemment elle n'avait pas réussi à appeler. Elle parlait difficilement, comme si elle avait bu, et j'ai remarqué qu'elle avait une pupille qui ne réagissait pas à la lumière…

Samuel poursuivit l'examen de la patiente, pinçant ses avant-bras pour tenter de mettre en évidence une réaction à la douleur :

– On ne perd pas son temps avec toi, collègue. Tu t'es souvenu de ça ?

Deux jours plus tôt, un toxicomane s'était présenté aux urgences, en manque d'héroïne. Samuel l'avait pris en charge, et en avait profité pour exposer à Thierry les signes de manque ou de surdose visibles au niveau des pupilles, ainsi que la signification d'une absence de réaction pupillaire à la lumière. Chez le sujet normal, dans l'obscurité, la pupille se dilatait, pour permettre à la lumière d'atteindre la rétine. En pleine lumière, la pupille se contractait, pour protéger la rétine d'un afflux lumineux trop intense. Certaines drogues modifiaient le diamètre pupillaire, et les atteintes cérébrales, lorsqu'elles entraînaient une compression à l'intérieur du crâne, pouvaient bloquer ce réflexe photomoteur.

– Oui, je m'en suis souvenu… Pas de tout, mais d'une partie. Tu m'as dit que, lorsque le cerveau était comprimé, la pupille se dilatait et ne réagissait plus à la lumière… Ce qui m'a frappé chez elle, c'est que c'est d'un seul côté.

– Hématome sous-dural chronique. Au moment du choc, un vaisseau a été endommagé juste sous la voûte crânienne. La paroi a tenu, dans un premier temps, et puis la plaque de cicatrisation a commencé à lâcher, secondairement, pour rien. Un mouvement brusque de la tête, un traumatisme minime… Il y a plein de gens chaque année qui meurent de s'être cogné la tête sur une porte de placard en se relevant trop vite…

– Qui meurent… répéta Thierry. Mais… elle est jeune, elle…

– Tu te débrouilles très bien, mon vieux, dit doucement Samuel. Mais tu as encore beaucoup de choses à apprendre. Les gens meurent. Tous les jours, tout le temps. Et souvent pour des conneries, un instant d'inattention…

– Il faut… que je prévienne sa famille.

– On a essayé, dit une infirmière. Ça sonne toujours occupé.

– C'est Khaled, murmura Thierry. Il doit être sur Internet, et ils n'ont pas l'ADSL. Ça m'est déjà arrivé de ne pas pouvoir le joindre. Je… j'ai fini mon service, je vais y aller… C'est à dix minutes à peine.

– Fais ça, dit Samuel.

– J'ai… j'ai bien dix minutes, quand même, dit Thierry en tentant d'arracher son regard du visage livide de Farida Boudjedrah.

– Dix minutes, oui, répondit Samuel. Mais je ne peux pas te garantir autre chose. On la monte au scanner, vite…

Thierry était déjà dans le couloir, courant à perdre haleine vers le parking de l'hôpital.

– Savez-vous ce que j'apprécie particulièrement dans cette opération, Maynard ?

Éric se tourna vers le commissaire divisionnaire Pelletier, s'arrachant avec difficulté au pénible spectacle qui s'offrait à lui dans la cour de cet immeuble du XVe arrondissement que Parisot et ses hommes ratissaient depuis une heure.

Il fit face à la figure sévère de Pelletier, discerna dans le regard de son supérieur une lueur d'amusement inhabituelle.

– C'est l'ironie de la chose, poursuivit Pelletier d'un ton précieux.

Éric ne répondit pas, feignant de s'absorber dans la vérification des fiches d'arrestation que Parisot et ses deux collègues lui avaient remises au bas des escaliers A et B. La cour d'immeuble était grande, et les sbires de la police française étaient maintenant montés à l'assaut de l'escalier C. Le vacarme des coups donnés sur les portes, les cris « Police française, ouvrez ! », les pauvres tentatives de négociation des hommes et des femmes raflés jusque dans leur lit, leur cavalcade hébétée dans les escaliers, les cris déchirants des enfants…, Éric vivait tout cela depuis plusieurs heures, non pas avec le recul que confèrent la compassion et l'éloignement dans le temps, mais comme une obscénité inimaginable que rien ne semblait pouvoir contrecarrer.

À l'arrivée dans la grande cour pavée de cet immeuble haussmannien, il s'était porté volontaire pour rester en bas et surveiller les allées et venues tandis que ses collègues s'occupaient de déloger les habitants juifs des deux premières cages d'escaliers. S'en était suivi l'horrible manège de familles entières escortées entre deux gendarmes polis mais fermes jusqu'à l'autobus débonnaire de la Compagnie du Métropolitain qui faisait la navette jusqu'au centre primaire de détention. Tout avait été savamment orchestré, avait songé Éric, pour éviter toute velléité de résistance. L'effet de surprise, l'angoisse, mais aussi un reste de confiance bien mal placée dans l'incapacité de la police française à se livrer à un acte de barbarie, tout cela tendait à graisser les rouages de la machine génocidaire, à amener les victimes à se soumettre dans l'espoir d'un éclaircissement ultérieur de la situation. Éric, le cœur serré, avait ainsi vu un vieil homme, s'appuyant sur une canne, deviser sur un ton presque badin avec les deux policiers qui l'emmenaient :

– Vous verrez, messieurs, qu'il s'agit d'une erreur. J'ai fait la Grande Guerre, messieurs, j'ai même été médaillé, alors pensez si je soutiens l'action du Maréchal !

L'un des policiers, visiblement mal à l'aise, avait adressé un sourire gêné à Éric. Puis il avait guidé le vieil homme, l'avait aidé avec beaucoup de courtoisie à se hisser sur la plate-forme de l'autobus, première étape de son long voyage vers l'anéantissement.

Resté seul dans la cour, Éric, à l'abri du local à poubelles, en avait profité pour détruire encore quelques fiches, au hasard. Comment faire autrement ? Comment choisir, quand le fait de choisir même, c'était se rendre complice de ce crime, de cette obscénité ?

Tandis que la voix de Parisot retentissait au cinquième étage de l'escalier C, Éric avait aperçu, sur le côté de l'escalier D, un mouvement dans l'ombre d'un bouquet d'arbustes. Il s'en était approché doucement. Un homme, une femme, portant chacun un enfant en bas âge dans les bras, se tenaient là, accroupis. En apercevant Éric, le visage de la femme s'effondra comme un masque de cire, et cette métamorphose soudaine lui souleva le cœur, plus encore que les scènes auxquelles il avait jusque-là assisté.

– N'ayez pas peur… n'ayez pas peur. Je ne vous veux pas de mal.

Les mots étaient creux, sonnaient faux. Comment ces gens pourraient-ils le croire ?

– Vous ne pouvez pas rester là. Ils vont venir par ici aussi… Lorsque je vous donnerai le signal, relevez-vous et sortez par la porte principale. Tournez à gauche, l'autobus est garé à l'angle de la rue, sur la droite.

– Nous n'avons nulle part où aller… Et si Paris est entièrement quadrillé…

Éric tâcha de se remémorer le plan du quartier, que Maynard lui avait montré à l'aller, dans l'autobus. Il donna à l'homme le nom des rues qu'ils avaient déjà parcourues. Avec un peu de chance, il serait possible d'y trouver refuge, maintenant que la vague de rafles était passée.

Il reprit place à l'entrée de la cour, laissa encore passer un sinistre cortège. Les deux gendarmes remontèrent à l'assaut de l'escalier C, tandis que, dans son dos, Éric entendait le vrombissement du moteur de l'autobus, qui démarrait.

Il fit signe au jeune couple. Sans un regard en arrière, l'homme et la femme se glissèrent dans le passage et s'enfuirent dans la rue.

Éric, les dents serrées, tous ses muscles crispés par l'angoisse, s'attendait à entendre des cris, des sifflets, voire des coups de feu, mais rien de tout cela ne se produisit. Ils avaient dû réussir. Quatre. Il en avait sauvé au moins quatre. Le souvenir lui vint, répugnant, d'un jeu mis en ligne sur Internet par un groupuscule de nazillons américains, dans lequel il s'agissait d'envoyer le plus de Juifs possible au crématoire. Comment l'Histoire pouvait-elle bégayer à ce point? Comment, un demi-siècle après l'ignominie à laquelle il assistait, ce génocide pouvait-il donner lieu à de tels fantasmes de mort? C'était une question qu'il lui faudrait poser à Andreas, s'il le retrouvait. Peut-être son camarade, ayant fait l'expérience de la barbarie, ouvrirait-il les yeux… C'était un espoir, un espoir bien mince auquel se raccrocher. Il était là, hébété, perdu dans ses pensées, lorsque Pelletier avait débarqué dans la cour.

– Je suis venu me rendre compte par moi-même, avait expliqué le commissaire divisionnaire. Rien de tel pour le chasseur que de humer le terrain…

– Humer le terrain…

– Savez-vous ce que j'apprécie particulièrement dans cette opération, Maynard? C'est l'ironie de la chose, poursuivit Pelletier d'un ton précieux.

– Je ne vois pas ce que cela a d'ironique.

– Songez que tous ces Juifs, Maynard, se sont passé eux-mêmes la corde au cou.

– Je ne comprends pas.

– Ces fiches, ces inestimables petites fiches cartonnées, comment les aurions-nous remplies sans le zèle grotesque des principaux intéressés ? Vous avez pensé à ça, Maynard ?

– Non, je n'y ai pas pensé. J'essaie de ne penser à rien.

– Ah, je vois bien là votre côté sentimental. Ne me dites pas que ces gens vous émeuvent, Maynard, pas vous, ça me décevrait... Vous savez comme moi que le ménage doit être fait. Ce n'est pas forcément une tâche très glorieuse, mais quelqu'un doit s'en charger, pour le relèvement national.

– Le relèvement national... rien que ça...

– Je n'aime pas votre ton, Maynard. Je croyais pourtant que vous aviez apprécié l'exposition, l'an dernier...

– L'exposition ?

– Mais enfin, vous savez bien... *Le Juif et la France*, au Palais Berlitz, en septembre dernier... Une exposition de grande qualité scientifique. Souvenez-vous de ce qu'écrivaient les organisateurs : il faut éclairer les esprits français et lutter contre la corruption métèque afin de rendre la France aux Français... Je ne saurais mieux dire.

– J'ai déjà entendu ça, effectivement, mais ça ne s'appliquait pas aux Juifs...

– Tiens donc ? Mais à qui, alors ?

– Aux Arabes.

– Aux crouilles ? Mais qu'est-ce qu'ils viennent faire là-dedans ?

– On est probablement toujours le Juif de quelqu'un. Et les imbéciles, les médiocres, ont probablement tous besoin de leur métèque… juif, arabe, noir, qu'importe. L'essentiel, c'est probablement de déverser votre haine recuite sur un « autre », suffisamment différent…

– Quelle mouche vous pique, Maynard ? Vous savez ce qu'il pourrait vous en coûter ?

– Non. À vrai dire, je n'y ai pas pensé, et je m'en fous. Si vous pouviez simplement dégager la cour, ça me ferait de l'air. Je préfère encore la proximité du local à poubelles.

Pelletier, livide, s'était dressé de toute sa hauteur. Droit dans ses bottes, il arrivait à peine à l'épaule d'Éric :

– Ce soir, en fin de service, je vous attends dans mon bureau. Et ne vous avisez pas de manquer à l'appel.

– Je serai là, siffla Éric entre ses dents serrées.

Il avait fait quelques pas vers le commissaire, qui n'avait eu d'autre choix que de reculer dos au mur de la cour.

– Ne… ne vous avisez pas de me menacer, bredouilla Pelletier, décontenancé.

– Oh, je ne vous menace pas. Il ne vous arrivera rien, n'ayez crainte. Je le vois comme si c'était déjà écrit. À la fin de la guerre, vous vous débrouillerez pour obtenir une médaille, rafle ou pas rafle. Dans vingt ans, vous matraquerez des Arabes sous les ponts. Et vous finirez dans une maison de retraite pour fonctionnaires en rêvant à votre jeunesse aventureuse. À moins que quelques-uns de ces pauvres types que vous parquez comme des bêtes ne se révoltent et ne vous écrasent comme une blatte.

– Je vois clair dans votre jeu, Maynard. Vous vous trouvez soudain des affinités avec ce bas peuple de métèques apatrides, c'est cela ? Qui sait, peut-être même rêveriez-vous de fricoter avec une de leurs poulettes ? C'est vrai… certaines de ces petites princesses juives ne sont pas désagréables à regarder… On leur mettrait bien quelque chose aux fesses, n'est-ce pas ? Et d'ailleurs, qu'est-ce qui nous en empêche ?

Les deux gendarmes redescendaient l'escalier C, encadrant une jeune femme qui soutenait difficilement un vieil homme chancelant.

Leur retour avait enhardi Pelletier. Triomphant, il toisa Éric avec mépris :

– Je vous souhaite une excellente journée, Maynard, en attendant notre entrevue de ce soir. Tenez, je vous fais une faveur toute spéciale…

Il héla les deux gendarmes :

– Messieurs… Accompagnez l'inspecteur Maynard au Vélodrome d'Hiver. Je veux qu'il puisse se rendre compte sur place de la réussite de cette opération de salut public.

Puis, se tournant vers Éric :

– Vous espérez qu'ils se révoltent, n'est-ce pas ? Mais vous rêvez, mon vieux. Ces gens n'ont rien dans le bide, que du vent et des prières imbéciles. Ils se laisseront mener à l'abattoir sans réagir, sans jamais oser mordre la main qui les guide.

– Ça vous rassure, hein… de les considérer comme des animaux. Comme moins que des bêtes. Parce que vous, raflé au saut du lit avec femme et enfants dans les jambes, vous feriez preuve de panache, n'est-ce pas ? Vous tenteriez une action d'éclat… Si ces gens ne réagissent pas, c'est qu'ils ont confiance en vous, en nous, devrais-je dire. Et cette honte-là, elle ne s'effacera jamais. Je vous retrouverai, Pelletier. Je vous en fais la promesse.

– Je… je vais devoir y aller, murmura Thierry.

Khaled, prostré sur une chaise de plastique devant l'entrée du bloc neurochirurgical, hocha la tête pour signifier qu'il avait entendu. Depuis deux heures, c'était pratiquement son premier mouvement.

– J'ai un train, à la gare du Nord, à 7 h 13… Je serai de retour ce soir, je vous appellerai…

Khaled secoua à nouveau la tête, sans rien dire.

Thierry se leva, glissa son billet dans la poche de son jean et fourra sa blouse, en vrac, dans son sac de voyage.

– Je vous amènerais bien à la gare du RER, dit M. Boudjedrah en écrasant une énième cigarette dans le cendrier métallique taché de brûlures sombres, mais… je veux être là quand elle sort… ou s'il y a la moindre nouvelle…

– Ne vous inquiétez pas.

– Si, si, laissez-moi vous payer le taxi. C'est bien le moins que je puisse faire.

– Non, monsieur, je ne peux pas. Ne vous inquiétez pas…

Monssef Boudjedrah avait pris la main de Thierry dans la sienne, la malaxait sans même s'en rendre compte :

– Le chirurgien m'a dit que c'est grâce à vous… Je vous remercie. Du fond du cœur. Et quoi qu'il arrive… ajouta-t-il d'une voix plus faible.

Thierry acquiesça, n'osant dire un mot tant lui-même se sentait au bord des larmes. Les dernières heures avaient passé dans un brouillard de confusion et de fatigue. Il avait couru jusqu'au domicile des Boudjedrah, avait monté les neuf étages d'une traite et, à bout de souffle, avait tambouriné à la porte. Le temps de donner l'alerte, et il était redescendu avec Khaled, Anissa et l'inspecteur. De retour aux urgences, Farida Boudjedrah avait déjà été transférée en neurochirurgie. Ils étaient montés au bloc avec le chirurgien, qui en quelques phrases tendues avait relaté la situation à la famille, et expliqué qu'une intervention pour lever la compression cérébrale allait être tentée immédiatement. Ils avaient aperçu le brancard, Monssef Boudjedrah avait juste eu le temps de voir sa femme une dernière fois et de poser un baiser sur sa main, puis les portes du bloc s'étaient refermées, et le silence, un silence lourd, atroce, s'était installé entre eux. Peut-être préférable, avait songé Thierry, aux récriminations désespérées de l'inspecteur, lorsqu'il avait découvert que ni sa femme ni Thierry n'avaient réussi à les joindre parce que Khaled squattait la ligne téléphonique avec Internet.

Vers trois heures du matin, endossant une casaque de protection, Thierry s'était glissé dans la salle de réveil afin de glaner des nouvelles, sans grand succès. Le neurochirurgien de garde, assisté par Samuel, avait estimé le temps probable de l'intervention à six heures.

– Khaled, demanda l'inspecteur d'une voix douce. Tu ne veux pas raccompagner ton ami ? Prendre un peu l'air ?

Sans lever la tête, Khaled fit signe que non. Ses lèvres bougeaient sans bruit, il priait.

– Je vais y aller, mon oncle, coupa Anissa. Marcher me fera du bien.

Elle emboîta le pas à Thierry, et ils parcoururent en silence les couloirs déserts. La nuque de Thierry était raide de fatigue. Le sac de voyage, dans lequel il avait jeté la veille quelques vêtements de rechange et son iPod, semblait peser des tonnes sur son épaule. Ils traversèrent le hall d'entrée, la porte du sas coulissa devant eux. L'air de la nuit au-dehors était déjà tiède, et riche des odeurs d'arbustes savamment taillés de chaque côté de la piste d'atterrissage des hélicoptères.

Au loin, l'horizon s'éclaircissait. Le soleil n'allait pas tarder à apparaître. Thierry jeta un regard à la rampe des taxis, vide à cette heure.

– Bon... dit-il. Je vais y aller... Avec un peu de chance, je devrais attraper la première rame.

Anissa le regarda en face, pour la première fois depuis qu'elle lui avait ouvert la porte, quelques heures plus tôt.

– Pourquoi tu t'es donné tout ce mal ?

Thierry haussa les épaules, doutant d'avoir saisi le sens de la question.

– Pourquoi tu t'es donné tout ce mal ? répéta Anissa d'un ton buté.

– Je ne comprends pas. Quel mal ?

– T'occuper de Farida... Venir nous chercher... rester avec nous...

– C'est la moindre des choses. Je ne comprends pas ta question.

– Tu es très proche de Khaled ?

– Non, enfin je ne crois pas. Pas assez...

– Alors pourquoi ?

– Mais parce que... parce que je vous connais... que je connais madame Boudjedrah...

– Et alors ?

– Et alors on n'abandonne pas les gens qu'on connaît quand ils sont dans la merde... Qu'est-ce que tu veux que je te dise ?

– Mais tu ne nous connais pas, Thierry. Tu ne sais rien de qui nous sommes.

– Ce n'est pas faux.

– Tu n'as pas d'amis arabes, n'est-ce pas ?

– Non. À part Khaled…

– Je suis venue chez toi, il y a une semaine. Je voulais… Farida m'avait demandé de te parler, elle voulait s'excuser pour la gifle de Khaled, l'autre jour. Elle voulait que tu reviennes, que vous fassiez la paix. Elle m'a demandé de te retrouver, sans rien dire à Khaled.

Thierry écoutait, médusé.

– Une dame m'a ouvert, une dame blonde, avec de très beaux yeux verts.

Anissa scrutait le visage de Thierry, comme si elle essayait d'y lire les pensées qui se bousculaient dans son esprit.

– C'était ta mère, je pense. Lorsqu'elle m'a vue sur le perron, avec ceci… dit-elle en désignant le foulard qu'elle portait sur le sommet du crâne, elle a refermé la porte en disant qu'elle avait déjà donné pour les gitans, que ça suffisait comme ça.

Elle n'avait pas baissé le regard. Ses joues étaient rouges, rouges de la honte qu'elle avait ressentie, des émotions contradictoires qui la tiraillaient.

Conscient de ce qui se jouait entre eux, Thierry lui rendit son regard, gravant dans sa mémoire ce visage qui l'avait obsédé depuis qu'il l'avait vue pour la première fois.

– Si j'étais venu chez toi, Anissa… si j'étais venu pour te parler, et que ton frère m'avait reçu, qu'aurait-il dit ?

Quelque chose brilla dans les yeux d'Anissa, l'ironie, la colère.

– Pourquoi serais-tu venu chez moi ?

Il se baissa, son sac glissa à terre. Sans réfléchir, il prit la main d'Anissa et, imitant sans en avoir conscience le geste de Monssef Boudjedrah, la porta à ses lèvres.

Vers la fin, Éric s'en souvenait, l'aquarium qu'avait installé le docteur Munier dans sa salle d'attente avait pris cette teinte verdâtre.

Éric avait six ans lorsqu'il avait découvert l'aquarium. À l'époque, c'était juste après le départ de son père, Maman avait commencé à consulter le docteur Munier de plus en plus fréquemment. Gilles était assez grand pour rester seul à l'appartement, ou se faire inviter chez des voisins, mais Maman préférait garder Éric avec elle. Lorsque le docteur Munier ouvrait la porte de son cabinet médical pour raccompagner le patient précédent, et laissait ensuite Maman passer devant et prendre place face à son bureau d'acajou, Éric se retrouvait souvent seul dans la salle d'attente, au milieu des magazines défraîchis qui jonchaient les tables basses et les fauteuils vides, avec pour seule échappatoire la fenêtre lumineuse de l'aquarium. Il tirait une chaise devant l'écran lumineux, suffisamment près pour faire abstraction du reste de son environnement, du papier peint jauni piqueté de traces de punaises, du lambris poussiéreux qui séparait la salle d'attente du petit cabinet de toilette. Il s'installait devant l'aquarium, et se perdait pendant vingt, trente, quarante minutes, selon le temps que durait la consultation de Maman, dans cet univers calme et fascinant. À la bibliothèque de l'école, il avait emprunté des livres, et reconnaissait la plupart des nouvelles espèces au premier coup d'œil. Les plantes, les poissons, rien de cela n'avait plus de secret pour lui. Le docteur Munier s'en était aperçu, et lui présentait avec fierté ses dernières acquisitions. Ç'avait été, Éric y repensait maintenant, des moments de bonheur pur, de vraie tranquillité, malgré l'anxiété permanente dans laquelle les avait plongés, son frère et lui, la maladie de Maman. Et puis son état s'était aggravé, elle avait rechigné même à sortir pour faire les courses ou se rendre chez le médecin. Et quand, sur les injonctions de ce dernier, elle avait enfin fait à nouveau l'effort de se rendre au cabinet, quelques dernières fois avant d'y renoncer totalement et de s'incliner devant la maladie, Éric avait retrouvé l'aquarium abandonné, comme dévasté par une peste subreptice.

Sans doute la fatigue, les tracas, le surmenage avaient-ils eu raison de l'enthousiasme du docteur Munier. Sur le sable naguère étincelant s'étaient amoncelés en quelques mois des paquets filandreux de déjections et de plantes mortes dont seul le squelette fibreux laissait encore deviner la nature. Les vitres s'étaient tapissées d'un film d'algues brun-verdâtre, qui semblait tuer toute vie, toute végétation, en raréfiant l'oxygène de l'eau. L'un après l'autre, les poissons étaient morts, et bientôt, dans la pénombre de la salle d'attente, quand tombait la nuit, ne subsistait plus que cette lumière saumâtre, teintant le visage des patients d'un fard terreux.

C'était cette lueur gluante, moribonde, qu'Éric avait redécouverte en pénétrant à l'intérieur du Vélodrome d'Hiver. Mais là où l'aquarium du docteur Munier s'était lentement vidé de ses habitants, le vaste dôme de poutrelles métalliques surmonté d'une verrière était à présent grouillant de monde, et dégageait, même ici, près de la grande porte d'entrée, une odeur pestilentielle. Cela faisait près de douze heures que la rafle avait débuté.

– On est là depuis trois heures du matin, inspecteur, et aucun signe de notre relève !

Éric arracha son regard de la vaste salle de sport bondée, et se tourna vers l'adjudant de gendarmerie qui l'avait accueilli à sa descente de l'autobus.

– On s'est installés comme on a pu avec mes hommes, inspecteur, dit l'adjudant en l'entraînant avec lui.

Ils passèrent une grande porte battante, et l'assourdissant vacarme s'atténua un peu. Éric découvrit, dans une salle de la taille d'un préau d'école, le campement de fortune qu'avaient érigé les gardiens. Des paillasses avaient été hâtivement déroulées contre les murs, et chacun y avait déposé son barda personnel. Des casques, des musettes étaient pendus ici et là aux patères. Quatre hommes accoudés à une table bancale, mousquetons appuyés au mur, tapaient le carton en fumant des cigarettes roulées. Dans un coin, les restes d'un casse-croûte, deux bouteilles de vin…

– On a essayé de rendre l'endroit aussi accueillant que possible, mais ce n'est pas facile, inspecteur. On manque de moyens et, pour tout dire, on manque d'hommes. Vous vous rendez compte. À peine une centaine pour contenir cette marée humaine… Et il en arrive d'heure en heure, que dis-je, de minute en minute. Vous avez vu dehors, la valse des autobus ! Je vous assure, sans vouloir me plaindre, ce n'est pas une sinécure.

Éric ne dit mot. Il avait embrassé d'un coup d'œil la foule immense des hommes, des femmes et des enfants raflés dans l'enceinte du Vélodrome d'Hiver, et les récriminations de l'adjudant avaient quelque chose de franchement obscène.

– Un rafraîchissement, inspecteur ?

L'adjudant avait sorti de sa musette une gourde métallique. Il en dévissa le bouchon, le passa sous son nez avec un soupir :

– Du calva, du vrai. C'est mon beau-frère qui…

– Merci, ça ira. Quand je vous ai dit que je voulais voir les conditions d'hébergement, je ne parlais pas de votre petit confort personnel, mais de celui des internés. Qu'est-ce que vous avez préparé pour eux ?

L'adjudant resta un moment bouche bée. Il jeta un regard vers ses hommes, suffisamment éloquent pour que ceux-ci se redressent, que l'un d'eux écrase subrepticement sa cigarette tandis qu'un autre rempochait le jeu de cartes.

– C'est que… balbutia l'adjudant en faisant disparaître sa gourde de calva dans sa besace. C'est qu'on n'a pas eu de consigne, inspecteur.

– Pas de consigne ? Ces gens vont rester là toute la nuit, non ? Avez-vous songé à leur ravitaillement ?

– On ne m'a rien dit, inspecteur. On m'a juste ordonné de garder l'entrée et d'éviter les tentatives d'évasion, jusqu'à la relève. On s'acquitte de notre tâche, inspecteur, faut pas croire… D'ailleurs, les hommes vont y retourner, hein… C'est fini, la petite pause…

Les soldats obtempérèrent, et Éric se trouva seul face à l'adjudant.

– J'ai aperçu une tente de la Croix-Rouge, au centre de la piste. Vous pouvez m'y amener ?

– Bien sûr, inspecteur.

– Est-ce qu'au moins ces gens ont accès à de l'eau courante ?

– C'est-à-dire… il y a une bonne dizaine de points d'eau, dans les toilettes, inspecteur. Et puis deux robinets, juste à l'entrée, là-dehors.

– C'est tout ?

– Il y avait d'autres toilettes, à l'étage, dans les gradins, mais j'ai pris sur moi d'en condamner une dizaine parce que les fenêtres donnaient sur les toits alentour, et je ne peux pas poster un homme à chaque sortie, hein…

– Où sont les clés de ces points d'eau ?

– C'est que… je n'ai pas reçu de consigne…

– Vous vous foutez de moi ? gronda Éric.

L'adjudant glissa la main dans sa poche, en sortit un trousseau de clés et le lui remit.

– Allons-y, commanda Éric. Montrez-moi votre grand œuvre.

L'officier des douanes jeta un œil au billet de Thierry, à son passeport, puis à l'autorisation de sortie du territoire signée par ses parents. L'officier le dévisagea longuement. Il n'y avait probablement plus grand-chose de commun entre l'enfant de douze ans qui souriait sous le film plastifié de la carte d'identité, et le grand jeune homme brun musclé qui se tenait devant lui. À part peut-être cet éclair de détermination dans le regard. L'officier fit un signe de la tête, lui rendit ses documents.

Thierry avança dans la file d'attente des passagers, jusqu'au portique de détection. Il plaça son sac de voyage sur le tapis roulant de la machine à rayons X, déposa ses clés et sa monnaie dans un panier en plastique.

« Le train Eurostar 9011, en direction de London Waterloo, quittera la plate-forme 2 à 8 h 13. Veuillez préparer votre carte d'embarquement avant de monter à bord. »

Il sourit à l'officier des douanes, passa sous le portique…

Une sonnerie stridente retentit. Thierry sursauta, resta un instant interdit.

– Reculez, monsieur, lui intima poliment un agent de sécurité. Vous avez dû oublier quelque chose dans vos poches.

Thierry fit quelques pas en arrière

– C'est bizarre... Je suis sûr d'avoir tout enlevé. Ma montre, ma ceinture, la monnaie... tout...

– Un mobile ?

Thierry fouilla dans la poche interne de sa veste, en ressortit son portable. « 1 message enregistré » clignotait sur l'écran.

– Excusez-moi, bredouilla-t-il, c'est idiot.

– Ça arrive tout le temps, dit l'agent.

Thierry repassa le portique, déclenchant à nouveau la sonnerie.

Un deuxième agent de sécurité s'approcha. Thierry palpait frénétiquement ses poches à la recherche d'une roupie perdue.

Autour de lui, les derniers voyageurs passaient le point de contrôle, lui jetant à peine un regard.

– Non, vraiment, je n'ai rien de métallique, répéta Thierry comme pour s'excuser.

– Vous devriez enlever vos chaussures, jeune homme, proposa l'agent de sécurité. Parfois elles ont des armatures métalliques...

« L'embarquement des voitures 1 à 9 se fera porte A. Veuillez présenter votre carte d'embarquement au contrôle. L'embarquement des voitures 10 à 17 se fera porte B. . »

Thierry se battit un instant avec ses lacets, ôta ses chaussures, repassa sous le portique. À nouveau, la sonnerie retentit. Il ne restait plus que lui au contrôle maintenant, et les agents de sécurité le dévisageaient d'un air mi-amusé, mi-irrité.

– Mettez vous sur le côté, monsieur, demanda l'un d'eux, en sortant de sous le comptoir une grosse sonde métallique. Écartez les bras…

L'homme passa la sonde sur les jambes de Thierry, sur son ventre, sur sa poitrine. L'appareil crépita, alluma une lumière rouge.

– Qu'avez-vous dans vos poches de chemise, monsieur? demanda l'agent d'une voix tendue.

– Mais je n'ai rien. Je vous dis que je n'ai rien.

Dans leur dos, le deuxième agent de sécurité faisait un signe aux policiers et aux douaniers de l'accueil, tout en parlant à voix basse dans un talkie-walkie.

– Je vous assure que je n'ai rien. Écoutez… je vais finir par rater le train.

– Vous l'avez déjà raté, monsieur. L'embarquement est clos.

Thierry voulut répondre mais, du coin de l'œil, vit arriver vers eux une demi-douzaine d'hommes et de femmes en uniforme.

Deux officiers de la police de l'air et des frontières scrutaient ses documents d'identité.

L'un d'eux fouilla Thierry au corps, sans rien trouver d'anormal. Pourtant, lorsqu'ils répétèrent la manœuvre, la sonde et le portique sonnèrent à nouveau.

– Vous n'avez jamais été opéré? Vous n'avez pas de broche dans les os, ou quelque chose comme ça?

– Non…

– Il va falloir nous suivre, monsieur, je suis désolé. Et je vais devoir appeler vos parents, monsieur Thierry…

– De Boisdeffre, murmura Thierry. De Boisdeffre…

Il reprit son sac à l'épaule, retraversa le hall de la gare du Nord, sous le regard intrigué des passants.

Si ce n'était pas l'enfer, c'en était pour le moins une bonne imitation. Construit au début du siècle et inauguré en grande pompe, le palais du Vélodrome d'Hiver représentait pour les Parisiens un haut lieu d'exploits sportifs. Sur sa grande piste où s'étaient disputées des courses mémorables couraient maintenant des enfants surexcités, épuisés, enjambant sans les voir des vieillards allongés à même le sol, des femmes prostrées serrant contre elles un baluchon, une valise. Sous l'immense verrière peinte en bleu pour éviter les attaques aériennes, dans la lueur jaunâtre filtrant des petits projecteurs et des ampoules électriques fixés aux poutrelles métalliques du toit, le vacarme était assourdissant, l'atmosphère quasi irrespirable. Une poussière jaune flottait dans l'air, piquant les yeux, irritant les muqueuses. Éric toussa, poursuivit son chemin en suivant l'adjudant qui fendait la foule sans regarder ni à droite ni à gauche, en direction de la tente de la Croix-Rouge.

Ce n'est pas réel, se répéta Éric. *Ce n'est pas réel. C'est une re-création d'un événement historique. C'est tout.*

Ce leitmotiv ne lui était d'aucun secours. Le regard hébété d'un vieil homme serrant dans ses bras une fillette, les yeux implorants d'une femme quémandant de l'aide, les sanglots qui secouaient une mère de famille que tentaient en vain de rassurer ses enfants, tout cela s'inscrivait en lui de manière indélébile.

Au milieu du terre-plein central, une file d'attente s'était formée, certains debout, certains assis à terre, devant la tente de la Croix-Rouge. Éric y pénétra. À l'intérieur, le même chaos indescriptible régnait. Assis sur un brancard, un homme vomissait dans un saladier. Sur un autre, une jeune femme enceinte se tenait le ventre tandis qu'un médecin l'examinait.

Une jeune infirmière vint à la rencontre d'Éric et de l'adjudant :

– Nous n'avons pas d'eau, nous n'avons pas de médicaments, et on nous refuse l'évacuation des malades. Est-ce que vous vous rendez compte de ce que vous êtes en train de faire ?

– Écoutez, mademoiselle, je n'ai pas reçu de consigne à ce sujet…

– Faites évacuer les malades, ordonna Éric.

– Attendez, ce n'est pas aussi simple que cela. Il me faut un ordre écrit, coupa l'adjudant.

– Vous l'aurez. Signé par le commissaire divisionnaire Pelletier, sur papier administratif, en trois exemplaires s'il vous le faut. Restez là, dit-il, et il s'éloigna vers le fond de la tente en entraînant l'infirmière.

– Évacuez tous les malades, évacuez tous ceux que vous pouvez évacuer…

Elle le regarda, surprise par la véhémence de son ton :

– La situation est épouvantable. Ces gens n'ont rien à manger, que ce qu'ils ont apporté avec eux. Il faut que vous organisiez un ravitaillement…

– Je vais voir ce que je peux faire. Peu de chose, probablement.

– Il nous faut de l'eau. C'est impératif. Si ces gens n'ont pas accès à de l'eau, il risque d'y avoir des morts, dès ce soir.

– Il y aura des morts, murmura Éric. Il y aura des morts, nos supérieurs le savent pertinemment. Tout ce que nous pouvons faire, c'est tenter de sauver quelques personnes.

– Quelques ?... Mais il y a des milliers de...

– Je sais. Qu'est-ce qu'on vous a dit avant de venir ici ?

La jeune femme hésita :

– Ce matin, la surveillante... elle nous a dit : « Surtout ne racontez rien de ce qui se passe ici au-dehors... »

– Bien au contraire, il faut que vous le fassiez savoir, il faut que vous le disiez au plus grand nombre... même si certains ne veulent pas vous croire...

– Vous ne pouvez pas arrêter ça ? demanda-t-elle. Il doit y avoir un moyen de...

– Je ne vois pas bien ce que nous pouvons faire. Je vais... essayer...

Il quitta la tente, se retrouva à l'extérieur, dans cette vaste antichambre de la mort en plein cœur de la capitale. La tête lui tournait. Il avait beau se dire, encore et encore, que ce n'était pas réel, cela n'empêchait pas son cœur de se serrer, ses jambes de trembler. *Si Andreas est ici, s'il voit ceci*, songea-t-il, il doit enfin comprendre. Il aurait voulu fuir, traverser la foule, pousser les portes battantes, déboucher dans la rue Nelaton, descendre jusqu'aux berges de la Seine toutes proches et fuir le plus loin possible. Fuir, quitter ce lieu, quitter le Jeu. Revenir au point de départ, se retrouver assis devant l'écran dans sa chambre minable, dans un monde à venir où tout ceci ne serait plus rien qu'un mauvais souvenir, enfoui sous les discours de circonstance et les commémorations. Mais c'était impossible. Quand bien même tout cela serait du domaine du virtuel, il n'avait pas le droit d'abandonner ces gens à leur sort. *Nous sommes ce que nous choisissons d'être*, songea-t-il. *Nous sommes ce que nous choisissons de faire. Dans le monde réel, dans les mondes virtuels, les règles sont identiques. Abandonner ces gens sans rien tenter, ce serait se trahir soi-même.*

– Je veux voir tous les points d'eau du Vel d'Hiv. Ceux qui sont accessibles, et ceux que vous avez fait fermer.

– Mais je vous l'ai dit, inspecteur… Aux étages, il y a des fenêtres et…

À leur droite, une commotion attira l'attention d'Éric. Une femme tomba à genoux, se mit à hurler. Il empoigna l'épaule de l'adjudant :

– Allons voir ce qu'elle a.

– Si on s'arrête chaque fois qu'une de ces hystériques pique une crise… grommela l'homme en suivant Éric de mauvaise grâce.

– Ils vont tous nous tuer, hurlait la femme. Ils vont tous nous tuer…

– Allons, allons, ça suffit, cria l'adjudant en sortant son bâton. Ça suffit, arrêtez de faire du mauvais esprit…

– Que se passe-t-il, madame ? demanda Éric en tentant de maîtriser sa voix, tant la question lui paraissait grotesque dans cette situation.

– J'ai essayé d'aller aux toilettes. Mais c'est impossible. Les lavabos sont cassés… Toutes les toilettes…

Elle ne finit pas sa phrase, se recroquevilla sur elle-même et se mit à pleurer.

L'adjudant lâcha un soupir, excédé. Éric lui lança un regard noir :

– Qu'est-ce que c'est que cette odeur ? demanda-t-il.

Portant la main à son visage, Éric fit quelques pas vers une porte battante surmontée d'un sigle de carreaux de faïence marqués « URINOIRS ». Une trentaine de personnes, hommes, femmes, enfants mêlés, faisaient le pied de grue devant la porte, l'air hagard ou résigné. Certains respiraient à travers un mouchoir. Des hommes pleuraient de honte. Comme il arrivait à leur niveau, Éric vit un vieillard quitter la queue et, n'y tenant plus, s'isoler contre le mur pour vider sa vessie. Personne ne protesta. Le sol était collant de déjections.

– Vous n'allez pas entrer là-dedans, inspecteur… implora l'adjudant.

– Après vous, ordonna Éric.

Ils pénétrèrent dans les toilettes, et Éric ne put réprimer un haut-le-cœur. À sa gauche, une demi-douzaine de lavabos, démolis. De la tuyauterie de l'un d'entre eux coulait un mince filet d'eau que deux jeunes femmes tentaient de récupérer dans un biberon. À sa droite, une dizaine d'urinoirs devant lesquels patientait une file d'hommes. Et, plus loin, des toilettes débordant de merde.

– Ah… Ces gens sont vraiment dégueulasses ! grogna l'adjudant.

Il se tourna vers Éric pour le prendre à témoin et réalisa trop tard sa méprise. Quelque chose enserra son bras. Il perdit l'équilibre, se retrouva propulsé contre le mur des toilettes. Éric referma violemment la porte du cubicule, saisit l'adjudant par le col et lui fit ployer la nuque au-dessus du monticule d'excréments qui ruisselaient le long de la porcelaine jusque sur le sol.

– Dégueulasses ? Ces gens sont dégueulasses ? murmura-t-il d'une voix pleine de haine à l'oreille de l'adjudant.

– Arrêtez ! Arrêtez ! Je vous en prie…

– Ces gens sont dégueulasses parce que vous les forcez à survivre et à se vider comme des bêtes. Et quand ils seront couverts de croûtes, de poux, de tiques, lorsqu'ils seront affamés, puants, dépenaillés, ce sera plus facile de les tuer, n'est-ce pas, parce qu'ils n'auront plus rien d'humain à vos yeux…

L'adjudant ne répondait plus. Déséquilibré, il tentait de s'arc-bouter, cherchant appui sur le mur, tandis qu'Éric, centimètre par centimètre, approchait son visage de la cuvette.

– Vous savez pourquoi cette femme a piqué une crise de nerfs ? Parce qu'elle sait que vous allez la tuer. Parce qu'elle sait que vous êtes un assassin.

L'adjudant secoua la tête négativement, sans desserrer les dents.

– Vous ne voulez pas l'admettre, mais vous savez qu'ils vont mourir, à cause de vous. S'ils n'étaient pas promis à la mort, si vous pouviez imaginer qu'un seul d'entre eux puisse un jour revenir hanter vos nuits, jamais vous ne les traiteriez comme vous le faites, espèce de sac à merde…

Éric relâcha soudain la pression de son bras, et l'adjudant glissa en arrière. Son crâne vint frapper le mur avec un bruit sourd, ses jambes se déplièrent brusquement, et il ne bougea plus.

Éric hésita un instant, puis glissa la main dans la vareuse de l'adjudant et le délesta de ses clés.

Le radiologue de l'hôpital Broussais aida Thierry à se positionner contre la plaque de métal froid.

– Quand je te le demanderai, tu gonfleras fort la poitrine, et tu bloqueras ta respiration, OK ?

Thierry acquiesça. Il avala sa salive. Le souvenir de sa précédente hospitalisation lui revenait en mémoire. Ces quelques jours où, après une perte de connaissance en classe, les médecins avaient d'abord pensé qu'il était épileptique. C'était pendant un cours de maths, au moment où ils affrontaient pour la première fois l'Expérience Ultime. Le souvenir du jeu l'avait happé, alors qu'il n'était même pas devant un écran, et l'avait projeté en 1917, dans la peau d'un général français présidant à l'exécution de soldats qui avaient fraternisé avec l'ennemi. Il se souvenait encore du professeur, monsieur Maffioli, un type désagréable qui raffolait des interros surprises… Thierry n'avait rien vu venir. Un instant il était assis là, cherchant dans son cartable un stylo… L'instant d'après il était sur un brancard d'hôpital. On l'avait glissé sur la table du scanner, on lui avait injecté un tranquillisant. Il avait tenté de se débattre, de rester éveillé. En vain. Le Jeu l'avait repris, l'avait ramené sur le front, près du quartier général de campagne d'où il devait superviser l'exécution «pour l'exemple» de quelques mutins tirés au sort pour «refus d'obéissance». Le Jeu lui indiquait la marche à suivre, le guidait. Il aurait suffi de se laisser faire, de laisser fusiller ces hommes sans rien dire. Ce n'étaient après tout que des personnages virtuels, des fragments de pixels et de code informatique, pas des êtres humains réels. Et puis soudain, au moment où se levaient les fusils du peloton, quelque chose en lui avait dit non, qu'encore aujourd'hui il ne parvenait pas à analyser, quelque chose en lui, avait refusé de se prêter à ce simulacre de mort, si tant est que ce fût un simulacre. Lui qui affectionnait à l'époque les jeux de stratégie militaire, ces jeux où, confortablement installé dans son fauteuil en skaï, il envoyait au massacre des troupes matérialisées par de petites lignes colorées, il avait dit non. Croisant le regard paniqué d'un des hommes qu'on attachait au poteau, à qui on bandait les yeux, il s'était fait violence pour s'arracher au Jeu. Ne pas accepter ça, ne pas accepter d'être complice de ça, même si c'était un jeu, même si, comme disaient les petits enfants dans les cours de récréation du monde entier, c'était «pour de la fausse»... Et le Jeu l'avait puni, le propulsant brutalement dans la peau d'un des trois hommes collés au poteau d'exécution. Tandis que dans le monde réel (mais existait-il un monde réel?) les infirmiers s'occupaient de sa perfusion, vérifiaient son pouls qui s'accélérait soudain, il s'était retrouvé debout contre le poteau humide de rosée, le poteau dont une esquille blessait son poignet gauche. Un bandeau de tissu noir barrait sa vision, ne lui laissant entrevoir qu'un peu de terre glaise boueuse, et le bout de ses bottes auxquelles, la veille au soir, on avait retiré les lacets pour éviter qu'il se pende. Un instant, il n'avait plus été Thierry de Boisdeffre, quinze ans, fils unique, élève de quatrième au collège Louis-Mourier, passionné de jeux vidéo et collectionneur clandestin de photos dénudées de Sophie Marceau. Non, quelques secondes condamnées et précieuses, il avait été Auguste Espérandieu, paysan ariégeois, spécialiste de la taille des pieds de vigne, champion de course à pied du comté de Foix, et père de l'enfant que Marion Soubielle, de Saint-Girons, portait dans son ventre. Puis les soldats désignés pour le peloton, ses camarades, ses frères, avaient armé leurs fusils, et il avait juste eu le temps de diriger ses yeux aveugles en direction des généraux et de l'aumônier, et de leur cracher une dernière fois son mépris, avant que les balles le fracassent.

– Respire fortement! ordonna le radiologue. Gonfle bien les poumons... Ça y est. Ne bouge plus...

Thierry ferma les yeux, entendit un déclic.

– Ça y est, c'est fini. Tu peux te rhabiller, dit le manipulateur radio.

Thierry obtempéra, fut raccompagné dans la salle d'attente par un agent. Il feuilleta sans le regarder un vieil exemplaire de *Voici* où on annonçait qu'une chanteuse québécoise attendait un enfant d'un comique marseillais qui passait à la télé. Quel gâchis, songea-t-il. Quel gâchis. Il sortit de sa poche son téléphone portable pour appeler ses parents. Mieux valait qu'ils soient réveillés par lui plutôt que par la police des frontières. «1 message enregistré». Il appuya sur «Consulter messages», porta l'appareil à son oreille:

– Vous avez un nouveau message. Hier, à vingt-trois heures seize...

Thierry reconnut la voix d'Éric, paniquée:

– Thierry! Thierry, j'ai récupéré l'ordi d'Andreas. Le Jeu s'est lancé, je ne peux pas l'arrêter, je vais...

La porte du poste de radiologie s'ouvrit. Le médecin fit un signe à l'agent de police, s'enferma avec lui un instant.

Alarmé, Thierry pianota le numéro d'Éric. Le répondeur se mit en route. Il raccrocha. La porte de la salle de radiologie se rouvrit, l'agent de police fit un signe de tête à ses collègues, et ils s'éclipsèrent, apparemment gênés. Thierry les regarda partir, incrédule. Après lui avoir pourri la matinée et fait rater le train, ces types n'allaient tout de même pas...

– Je voudrais te parler avant que tes parents arrivent. Tu es d'accord?

Thierry se leva. Le radiologue lui avait tourné le dos, lui désignait un petit bureau attenant. Le ton de sa voix n'avait rien de rassurant. On sentait qu'il ne maîtrisait pas la situation, qu'il craignait de devoir lui annoncer une mauvaise nouvelle. Thierry était devenu gris. Il suivit le médecin, s'assit face à lui.

– Quel âge as-tu ?
– Dix-sept ans…
– Dix-sept ans… Et où es-tu né ?
– En région parisienne, pourquoi ?
– Tu n'as jamais séjourné dans un pays étranger ? En Afrique, en Amérique du Sud ?
– Non. Mais pourquoi vous me demandez ça ?
– Tu n'as jamais eu d'accident de voiture, ce genre de choses…
– Mais non, je vais bien. Je n'ai jamais été hospitalisé, sauf une fois, il y a trois ans, j'avais fait une perte de connaissance, j'ai eu des examens, il n'y avait rien.
– Il y a trois ans ? Qu'est-ce qu'on t'a fait comme examens ?
– Un scanner cérébral, qui était normal. Et je n'ai jamais refait de crise.
– Et une radio de poumons, non ?
– Non, pas à ma connaissance…
– C'est dommage…
– Dommage… répéta Thierry, angoissé. Pourquoi dommage ?
– Non, non, ne t'inquiète pas. Tu n'as pas de cancer ni rien de cette nature…

Il se leva, plaqua une radiographie contre un négatoscope.

Thierry reconnut l'image du cœur, de la colonne vertébrale, du diaphragme et des poumons. Trois taches blanches se détachaient comme de petites pépites sur le grisé des deux champs pulmonaires, deux à droite et l'une juste au-dessus du cœur à gauche.

– C'est quoi, ces trucs-là ? demanda Thierry d'une voix tremblante.

Le radiologue passa une main dans ses cheveux rares :

– Ça, mon garçon, ce sont apparemment trois balles de gros calibre.

Éric gravit les marches du grand escalier, se retrouva à hauteur du premier étage, dans les gradins. Une femme le précédait, le regard perdu, serrant un bébé dans ses bras. Elle jeta un œil autour d'elle puis reprit son ascension vers les étages supérieurs. Éric la perdit de vue. Il lui fallait faire vite. Combien de temps avant que l'adjudant reprenne connaissance ? Il n'en avait aucune idée.

Il se faufila entre les corps allongés à même le sol, tentant de faire abstraction des gémissements, des lamentations, des pleurs d'enfants. Avisant une porte fermée sur la droite, dans l'ombre du grand escalier, il s'y posta. Comment faire pour l'ouvrir sans être remarqué, dans cette foule ? S'il provoquait une panique, une bousculade, les gardes interviendraient, et découvriraient sa voie d'évasion.

Il en était là de ses réflexions, scrutant l'immense amphithéâtre, lorsqu'une forme sombre passa brusquement dans son champ de vision. Un instant, il crut avoir rêvé, tant l'apparition avait été fugace. Puis il y eut, en contrebas, un bruit flasque, horrible, suivi d'une vague de cris, d'une clameur désespérée.

Sur les gradins, des gens se levaient, se pressaient vers les barrières pour mieux voir. Éric se raidit, détourna le regard. Il sortit le trousseau de clés de sa poche, les essaya l'une après l'autre d'une main tremblante.

Dans son dos, en contrebas, des gens appelaient à l'aide, d'autres hurlaient :

– Elle est morte ! Elle est morte, et son bébé aussi !

Une des clés tourna dans la serrure. Il se jeta en avant et referma la porte derrière lui, repoussant pour quelques instants cet univers de cauchemar.

Il se trouvait dans des toilettes pour dames, apparemment inutilisées depuis longtemps. Les miroirs étaient couverts de poussière, et de nombreuses caisses de câbles électriques y avaient été entreposées. Il essaya un robinet. Un filet d'eau tiède se mit à couler, qu'il avala goulûment. Il n'avait rien bu ni mangé depuis la nuit dernière.

Il referma le robinet, inspecta les toilettes rapidement. Grimpant sur l'une des cuvettes, il atteignit l'unique fenêtre de la pièce, située en hauteur. Il en manœuvra le loquet avec difficulté, finit par réussir à l'ouvrir, s'y hissa. Les coudes bloqués sur le rebord, il inspecta les alentours. La fenêtre donnait sur le toit de zinc faiblement pentu d'une maison voisine. Plus loin, Éric apercevait d'autres toits, une cour intérieure… Rien qui permît une évasion de masse, mais, au moins, peut-être pouvait-il aider quelques personnes à s'enfuir. Des hommes, des femmes jeunes, des adolescents… C'était une chance bien mince, mais, vu l'état d'accablement et de stupéfaction dans lequel l'avait plongé cette journée de terreur, c'était le seul plan qu'il était capable d'échafauder. *On est loin des grandes stratégies héroïques*, songea-t-il, *des rêves de toute-puissance… On n'est pas dans un film ou un jeu vidéo…* Il remit pied à terre, observa son image dans le miroir voilé au-dessus du lavabo. Dans son dos, juste au-dessus de son épaule gauche, se reflétait le visage d'Andreas.

Comme Gilles et Clay l'avaient deviné, Bashar Azziz, le « guide » dont les troupes retenaient James Hemingway en otage, parlait un anglais tout à fait passable.

Ce fut lui, et non l'interprète, qui réagit à la supplique de Gilles :

– Je trouve étonnant que vous vous permettiez d'adopter un tel ton alors que vos vies sont entre nos mains, murmura-t-il d'une voix rauque.

– Je vous répète que cet homme n'est pour rien dans l'incident de l'hélicoptère. Il est arrivé sur le site une fois que le mitraillage avait eu lieu, et n'a fait que constater les dégâts. Le supprimer, ce serait vous priver de votre unique témoin.

– Vous avez enregistré son témoignage, reprit Bashar Azziz, et sa voix ne pouvait masquer une légère ironie.

– Comment voulez-vous dénoncer ce meurtre, si vous-même vous livrez à un assassinat ? C'est incohérent, et vous n'êtes pas incohérent. Vous nous avez appâtés, vous nous avez attirés ici parce que vous désiriez qu'il puisse parler à des journalistes occidentaux. Je vous demande de lui laisser la vie sauve. Mieux, je vous demande de le laisser repartir avec nous.

Bashar Azziz observa Gilles et Clay, étouffa un sourire.

– Vous ne manquez pas de… comment dit-on…

– De culot, suggéra Gilles.

– De couilles, coupa Clay.

Bashar Azziz acquiesça. Gilles pressa son avantage :

– Il est dit dans le Coran que celui qui tue un homme innocent, c'est comme s'il avait tué l'humanité entière.

– Ne citez pas le Coran devant moi. La même chose est écrite dans le Talmud et dans la Bible, et cela n'arrête ni les Israéliens ni les Américains.

– Il est innocent, répéta Gilles. C'est un gamin, un gamin que l'armée a embrigadé. Il croyait venir en Irak libérer votre peuple, vous aider à reconstruire…

– Les cimetières d'ici à Bagdad sont pleins d'enfants irakiens de son âge, et d'autres beaucoup plus jeunes encore, parce que des gamins américains comme lui sont venus jouer aux jeux vidéo dans mon pays, gronda Bashar Azziz.

Sa voix s'était faite menaçante, et Gilles se tut. Il sentait, à sa droite, la présence silencieuse de Clay.

– Pourquoi diable sa vie vous importe-t-elle à ce point ? demanda Bashar Azziz. Vous êtes français, votre compagnon est canadien. Qu'avez-vous à faire de la vie d'un soldat américain ?

Il s'était penché en avant et scrutait le visage de Gilles, attentif à chaque parole, à chaque intonation.

– C'est un homme. Sa vie est en danger. Cela me suffit.

– Mais qu'est-ce qu'une vie de plus ou de moins dans un conflit comme celui-ci ? Savez-vous combien d'Irakiens sont morts ?

– Je sais, dit Gilles. Mais chacun d'eux, avant d'être une statistique, était un homme, une femme. James Hemingway est le fils de quelqu'un, le frère de quelqu'un. Cette femme sur le tracteur, elle aussi était la fille de quelqu'un, la sœur de quelqu'un...

Bashar Azziz encaissa ces derniers mots. Son visage se figea. Quelque chose passa dans ses yeux, quelque chose d'indéfinissable, et Gilles sut que les dés étaient jetés.

Éric pivota sur lui-même.

Andreas se tenait devant lui, hagard. Sur son visage recouvert de la poussière des gradins, un mince filet de salive avait séché au coin de la bouche, dessinant une fine ligne craquelée. Au coin de la tempe, un énorme bleu lui ensanglantait l'oreille.

– Qu'est-ce…

Les mots moururent sur les lèvres d'Éric. Les larmes lui montèrent aux yeux, larmes d'émotion, larmes d'épuisement. Il avait retrouvé Andreas. Contre toute attente, il avait plongé ici, au cœur des ténèbres, et il l'avait retrouvé. Il avait retrouvé le fils de Nita Salaun, il avait retrouvé son ami.

– Oh, tu ne peux pas savoir… tu ne peux pas savoir…

Éric balbutiait ces quelques mots quand la brique s'abattit sur son crâne, colorant brusquement sa vision de rouge. Il s'effondra à genoux, tentant de s'agripper aux pans du manteau de cuir d'Andreas. Sa vision tanguait. Le sang pulsait à ses oreilles, assourdissant.

Il y eut un moment de répit, très court, pendant lequel, gardant les yeux ouverts, il chercha à organiser ses pensées.

Attends… attends, je vais t'expliquer. C'est une méprise. C'est moi, Éric. Je suis venu te chercher. Ta mère m'a demandé de venir te chercher. On va fuir ensemble. Par les toits. Il faut aider ces gens. Il faut sauver un maximum de monde, avant qu'ils donnent l'alarme. J'ai besoin de toi. J'ai besoin de ton aide.

Le sang jaillissait sur son front, noyait ses yeux.

Éric ouvrit la bouche pour parler, réussit à murmurer « te chercher… » de manière indistincte, et un flot métallique emplit sa gorge.

Andreas fit un pas en arrière, leva la brique une seconde fois, visa à nouveau le sommet du crâne en tâchant d'éviter les éclaboussures, et frappa de toutes ses forces.

– Allô, Éric? Éric, si tu as mon message, rappelle-moi tout de suite. Je… j'arrive chez toi, là, je suis dans le RER, je t'expliquerai, mais surtout, lâche le Jeu. Arrête. J'ai un truc dingue à te dire, je ne sais pas par où commencer. J'avais décidé de retourner à Londres, aujourd'hui, pour retrouver la boutique, tu sais, retrouver le vieil homme. Pour en avoir le cœur net, tu comprends… je n'ai eu ton message à propos de l'ordinateur d'Andreas que ce matin, et je n'arrive pas à t'avoir au téléphone, j'ai beau laisser sonner chez toi, ou sur ton portable. Écoute, je n'ai pas pu partir ce matin. J'ai été arrêté par les officiers de sécurité parce que je déclenchais la sonnerie du portique. J'ai été conduit dans un hôpital, on m'a fait passer une radio. Je… Tu ne vas pas le croire, moi-même je ne le croirais pas si je ne l'avais pas vu, Éric… J'ai… j'ai trois taches blanchâtres sur ma radio de poumons, et le radiologue dit… que ce sont des balles de gros calibre. Ce sont les balles que j'ai reçues au poteau d'exécution, Éric, sur le Chemin des Dames. En 1917. Tu comprends ce que ça signifie? Tu ne dois pas retourner là-bas, Éric. Surtout pas. Andreas n'a pas été happé par le Jeu, Éric, il est remonté dans le temps…

Il avait plu.

Brusquement, en fin d'après-midi.

Une très grosse averse, qui avait bombardé la verrière du Vélodrome d'Hiver, noyé sous un déluge soudain les cinq autobus de la Compagnie parisienne des transports régionaux garés dans la rue Nelaton, lavé imparfaitement leurs vitres sur la face intérieure desquelles se devinaient encore les contours de petites mains d'enfants moites d'angoisse et de larmes.

Andreas releva le col de sa veste, enfonça son chapeau sur les yeux.

En descendant le long de la gouttière, il avait déchiré l'arrière de son pantalon. Il jeta un regard à droite, à gauche. La pluie avait momentanément chassé les policiers, les fonctionnaires, les prisonniers, à l'intérieur.

Seul un homme à bicyclette, trempé, arpentait lentement le pavé luisant.

Andreas enfonça la tête dans les épaules, s'éloigna à grandes enjambées, prêt à piquer un sprint si une voix le hélait.

La clameur sous le dôme de verre et de métal lui parvenait, assourdie. Il la chassa de son esprit, se concentrant sur la jouissance de sa liberté retrouvée.

Il glissa la main dans la poche de la veste d'Éric, la referma sur la disquette de plastique noir qu'à sa grande surprise il avait découverte en vidant les poches de l'officier de police dans les toilettes des gradins.

Il était libre.

Libre.

Et un monde nouveau, riche, brutal, s'offrait à lui.

Il pressa le pas.

Il n'avait pas de temps à perdre.

Mes remerciements à :

– Christopher Allbritton, Geneviève Brisac, Emmanuel Carré, Clay Campbell, Didier Daeninckx, Marie Desplechin, Chaz et Janyce Engan, Stan Goff, Candice Martzel, Reverend Mykeru, George Paine, Marie-Ange Poyet, www.iraqbodycount.net, Riverbend, William Rodarmor, www.indymedia.org.uk, Martin Winckler, Lynn Willis ;

– à mes collègues de l'Expédition Antarctique Starkweather-Moore 1933-1934 : Maxime Chattam, Kevin Blanchard, Denys Corel, Arnaud De Crouzet, Frédéric Denesle, Guillaume Laurendeau, Ronan Toulet ;

– ainsi qu'à tous les lecteurs et toutes les lectrices, rencontrés dans les collèges, les lycées, les salons de littérature jeunesse depuis 1994, qui m'ont amené à donner une suite à *No Pasarán, le Jeu*.

Merci à chacun, à chacune d'entre vous.

Tout ceci, et ce qui suivra... est de votre faute ;-)

Christian Lehmann
www.christianlehmann.net